어디를 가시든 보호받으시고
어디를 가시든 인정받으시고
어디를 가시든 사랑받으시길

님께

드림

고요할수록 밝아지는 것들

고요할수록
밝아지는 것들

1판 1쇄 발행 2018년 12월 6일
1판 142쇄 발행 2020년 7월 29일

지은이 혜민
발행처 (주)수오서재
발행인 황은희, 장건태
책임편집 황은희
편집 최민화, 마선영, 박세연
디자인 권미리
마케팅 장건태, 이종문, 황혜란
제작 제이오
주소 경기도 파주시 돌곶이길 170-2 (10883)
등록 2018년 10월 4일(제406-2018-000114호)
전화 031)955-9790
팩스 031)946-9796
전자우편 info@suobooks.com
홈페이지 www.suobooks.com
ISBN 979-11-87498-38-4 03810 책값은 뒤표지에 있습니다.

이 도서의 국립중앙도서관 출판시도서목록(CIP)은 서지정보유통지원시스템
홈페이지(http://seoji.nl.go.kr)와 국가자료공동목록시스템(http://www.nl.go.kr/kolisnet)에서
이용하실 수 있습니다.(CIP제어번호: CIP2018037568)

도서출판 수오서재守吾書齋는 내 마음의 중심을 지키는 책을 펴냅니다.

혜민 스님과 함께
지혜와 평온으로 가는 길

고요할수록 밝아지는 것들

혜민 지음

수오서재

들 어 가 며

나에게로 돌아가는 길

홀로 고요하게 나무들이 우거진 숲길을 걸어본 경험이 있으신가요? 잠시 핸드폰도 꺼놓고 나무 위로 보이는 파란 하늘을 감상하면서 나뭇잎 사이를 스치는 바람 소리, 낙엽 밟는 발자국 소리, 내 심장의 울림 소리를 들으며, 내가 여기 있음을 온전히 느껴본 경험이요. 시냇물을 만나면 잔잔히 흐르는 물을 바라보다 손도 한번 담가보고, 새소리가 들리면 그 소리에 온전히 귀를 기울이는 평화로운 시간이요. 발걸음도 평소보다 조금 천천히 여유롭게 옮기다 보면 처음에는 시끄러웠던 마음이 점점 고요해지면서 왠지 모르게 내 본연의 모습으로 돌아오는 듯한 느낌이 들어요. 마치 피아노를 다시 조율하듯 내 영혼을 원상태로 되돌리는 시간이지요.

어쩌면 지금 우리가 힘들고 지친다고 느끼는 이유 중 하나가 내 삶의 고요함을 잃어버리고 살아서 그런 것이 아닌가 하는 생각을 합니다. 어디를 가도 끊임없이 나를 봐달라는 소란한 광고 소리, 시시각각 일어나는 사건사고 뉴스 소리, 여기저기서 울리는 자동차 경적 소리, 두드리고 부수는 공사 소리, 자신의 믿음을 강요하는 소리가 들리지요. 거기다 우리 손에 쥔 핸드폰에서는 시도 때도 없이 전화벨과 문자 알림 소리가 울립니다. 현대 문명은 한순간도 우리 영혼을 가만히 쉴 수 없게 하는 것 같아요.

그러다 보니 지금을 사는 우리에게 여러 심리적인 문제들이 발생하는데 그중 하나가 바로 자기 소외Self-alienation입니다. 내가 나를 데리고 살아가긴 하지만 내가 누구인지, 내가 진정으로 무엇을 원하는지 모른 채 바쁘게만 살아가는 것이지요. 우리의 관심은 주로 밖으로 향해 있고, 외부 자극에 반응하는 것만으로도 너무 분주하기 때문에 지금 나는 어떤 느낌인지, 어떤 삶을 살고 싶고 어떤 가치를 추구하고 싶은지 들여다볼 겨를 없이 그냥 살아갑니다. 왜냐하면 다른 사람은 끊임없이 만나면서 자기 자신을 만나는 시간은 별로 없기 때문입니다.

이런 자기 소외가 깊어질수록 안타깝게도 자기 기준을 못 찾는 상황이 벌어집니다. 그러면 어쩔 수 없이 다른 사람의 기준, 이 사회가 좋다고 욕망하라고 정해준 것들을 내 기준으로 삼습니다. 그러다 보면 심한 경쟁 속에서 남들 쫓아가기 바쁘고, 그 과정에서 또 상처받고 좌절하고 우울해지는 것 같아요. 남들이 뭐라 하든 내 식으로 살아보려는 용기, 내 삶의 주도권을 내가 갖고 사는 주체성 없이 남들이 여기저기서 요구하는 것들만 처리해주기도 너무 바쁜 삶, 어떠신가요? 힘들지 않으신가요?

이번 책에는 우리 안에 있는 고요함과 만나시기를 바라는 마음을 담았습니다. 마음이 고요해지면 예전에는 잘 몰랐던 것들이 밝아지면서 비로소 드러나게 됩니다. 내 안의 소망이라든지, 진정 꿈꾸는 삶의 방향이라든지, 추구하고 싶은 삶의 가치라든지, 혹은 오랫동안 눌러놓았던 감정이나 기억까지 되살아나 그것들로부터의 치유가 가능하게 됩니다. 또한 마음이 완전히 고요해지면 수행자들이 깨닫고 싶어 하는 자기 본성도 밝아지게 됩니다.

《멈추면, 비로소 보이는 것들》이 지관止觀이라는 옛 어른들의 말씀을 현대어로 풀었듯이, 이번 책으로는 옛 선사들의 경험에서 나온 적적성성寂寂惺惺이라는 지혜의 말씀을 전하고 싶었습니다. 고요한 마음은 아무것도 없는 심심한 상태가 아니고, 고요할수록 환하게 밝아져서 내 본래 마음과 만나게 됩니다. 부디 이 책을 읽으시는 동안만이라도 마음이 편안해지시고 지혜가 밝아지시고 스스로를 돌아볼 여유와 쉼을 찾으시길 기원합니다.

제가 좋아하는 헤르만 헤세의 소설《데미안》에 이런 글귀가 나옵니다. "인간의 일생이라는 것은 모두 자기 자신에게 도달하기 위한 여정이다." 우리가 지금 어떤 형태의 삶을 살든 종국에는 나 자신에게 도달하기 위해 인생을 살아가고 있다는 가르침입니다. 제 부족한 글이 그 여정에 조금이라도 도움이 되길 바라는 마음을 담아 이 책을 세상에 내놓습니다. 독자님이 내딛는 걸음걸음에 평온함과 깨달음이 함께하시길 축원 드립니다.

비구 혜민
제주 사려니숲길을 걷고 나서

차례

쉬게 하소서
쉬게 하소서
무념의 바다에서
그 안에서

1 장

나에게
집중하는 시간

나는 못 해요

얼마 전 한 텔레비전 프로그램에 이규경 시인의 〈용기〉라는 시가 소개되었다. 그 시를 읽고 있자니 왠지 모를 감동과 예전 추억 하나가 떠올랐다. 시는 〈용기〉라는 제목에 걸맞게 '넌 충분히 할 수 있어'로 시작한다.

넌 충분히 할 수 있어
사람들이 말했습니다

용기를 내야 해

사람들이 말했습니다

그래서 나는 용기를

내었습니다

용기를 내서 이렇게

말했습니다

나는 못 해요

이 시는 허를 찌르는 반전이 있다. 당연히 '열심히 노력해서, 용기를 내서 기필코 제가 해내겠습니다'라는 산업화 시대의 미덕과 같은 말이 이어질 줄 알았는데 '나는 못 해요'라는 진솔한 개인적 고백으로 끝이 난다. 이 시를 통해 시인은 독자에게 말하는 듯했다. 피나는 노력을 해서 기필코 해내는 것만이 용기가 아니라고, 자기는 못 한다고, 할 수 없다고, 이 길은 내 길이 아닌 것 같다고 말할 수 있는 것도 용기라고 말이다. 정말로 맞는 이야기이다.

지금 생각해보면 종교학 교수가 되어 7년간 미국에서 학생들을 가르친 것도 내가 정말로 원해서 선택했다기보다는 주변에서 '당연히 그 길을 가겠지'라고 예상한 길로 자연스럽게 걸어간 듯하다. 대학원에서 종교학을 공부할 당시 내 눈에는 졸업 후 미국 대학에서 교수 생활을 하는 선배들만 보였다. 교수가 된다는 것이 무엇을 의미하는지 정확히 알지 못한 채 주변 동료나 교수님들에게 인정받고 싶다는 생각에 어느새 나도 그 길을 걷고 있었다. 내 미래를 결정하는 중요한 일 앞에서 나는 나 자신에게 물어본 것이 아닌, 남들은 어떻게 하는지 부지런히 곁눈질하며 따라갔던 것이다.

그런데 막상 교수가 돼보니 생각했던 것과는 많이 달랐다. 교수 세계에서 중요한 일은 학생들에게 애정을 쏟으며 잘 가르치는 것이 아니었다. 논문을 빠른 시간 안에 최대한 많이 쓰는 것, 외부에서 연구비를 잘 따오는 것, 선배 교수들 마음에 들게 행동하는 것, 그런 것들이 학교 안에서 인정받고 승진하는 길이었다. 그리고 무엇보다 다들 엄청나게 바빴다. 전 세계 여러 학회를 찾아다니면서 새로운 논문을 발표하고 다른 학자들과 네트워킹하는 것 역시 중요했기에 잘나가는 교수일수록 학교를 비우는 날이 많았다.

교수 생활 4년 차에 접어들자 인정하지 않을 수 없었다. 나는 뛰어난 학자가 될 능력이 없다는 사실을 말이다. 논문을 쓰긴 썼지만 시간이 오래 걸렸고, 연구비를 따오는 일도, 다른 학자들과 네트워킹하는 일도 소심하고 내성적인 성격이라 적극적으로 나서지 못했다. 그리고 무엇보다 구도자의 길이 좋아 승려가 된 만큼 내 수행에 도움을 받고 싶어 종교학을 공부한 것이지 옛 종교인에 대한 연구 논문을 쓰려고 공부한 것이 아니었다. 나는 점차 학자로서의 삶이 재미가 없어졌다.

행복의 요소 가운데 중요한 부분이 바로 '삶의 주도성이 내게 있는가?' 하는 점이다. 즉 지금 하는 일을 남이 시켜서 하는 것이 아니라 내가 원해서 할 때 사람은 행복하다고 느낀다. 내가 삶을 주도할 수 없을 때는 그게 아무리 남들이 재미있는 것이라 해도 힘겨운 일처럼 느껴진다. 그런데 안타깝게도 이 세상 많은 사람이 그 주도성을 잃고 사는 것 같다. 왜냐하면 나는 못 한다고, 할 수 없다고, 이 길은 내 길이 아닌 것 같다고 용기 내어 말하지 못했기 때문이다. 나처럼 자신의 미래를 내 스스로가 아닌 옆 사람들을 보면서 결정했기 때문이다.

《어쩌다 한국인》을 집필한 심리학자 허태균 교수는 우리나라 사람들이 행복해지기 위해서는 '포기하는 법'을 배워야 한다고 말한다. 무언가를 포기한다는 것은 아무것도 안 한다는 의미가 아니라 자기에게 더 맞는 다른 일을 하기로 스스로 선택한다는 뜻이기 때문이다. 물론 안정된 삶을 보장해주는 일을 포기하려면 무척이나 두렵고 용기가 필요하다. 처음 미국 교수 자리를 그만두고 서울 인사동에 '마음치유학교'를 시작하겠다고 했을 때 내 주변 사람 대부분이 우려의 목소리를 내며 만류했다. 그리고 처음엔 나도 많이 막막했다.

하지만 앞이 보이지 않는 시간을 견디고 나니 4년이 채 되지 않은 지금, 서울에 이어 부산에도 마음치유학교가 생기고 50여 명의 선생님과 함께 한 해에 3천여 명의 사람들이 치유와 성장의 시간을 갖는 의미 있는 곳이 되었다.

올해 고시에 또 떨어졌다면서 눈에 절망을 가득 담고 나를 찾아오는 학생들이 종종 있다. 그 친구들에게 해주고 싶은 말이 있다.

"'나는 못 해요'라고 해도 됩니다. 나에게 맞는 길을 남에게 묻는 것이 아니고 스스로에게 물어보면서 천천히 잘 찾다 보면 고시에 붙은 것보다 결국엔 더 행복해질 수 있습니다. 길게 보면 낙방한 것이 훨씬 더 잘된 일이 될 수 있으니 처음엔 좀 답답하고 막막하더라도 용기 내어 나의 길을 찾아보세요. 당신을 응원합니다."

삶이 바쁘고 힘들수록

나에게 고요함이라는 특별한 선물을 주세요.

하던 일을 잠시 멈추고 눈을 감고

몸이 지금 어떻게 느끼는지, 마음이 지금 어떤 말을 하는지

한 발짝 떨어져서 거울처럼 비춰보세요.

마음이 고요해졌을 때 그 고요의 힘으로

지금 상황과 내 마음을 천천히 살펴봐요.

이 일을 내가 계속해야만 하는지

어느 방향으로 가는 것이 옳은지

내가 진정으로 원하는 것은 무엇인지….

고요 속의 지혜가 내게 답을 줄 것입니다.

☾

일이 뜻대로 되지 않았을 때
우리는 잠시 숨을 고르며 차분한 성찰의 시간을 갖습니다.
성찰에서 나온 지혜와 숨을 고르며 모았던 에너지의 힘으로
이번에는 가능성이 있는 방향으로 힘껏 뛰게 됩니다.
그래서 실패는 성공의 어머니인 것 같습니다.

☾

원하는 일이 이루어지지 않았다고 해서
지금까지의 노력이 아무런 의미가 없는 것은 아닙니다.
노력하는 과정에서 얻었던 여러 경험과 지식들이
다른 식으로 유용하게 쓰일 것이기 때문입니다.
그리고 무언가 배움이 있었다면 그 경험은
설령 실패했다 해도 가치가 있습니다.
지금 당장은 이 말이 가슴에 와닿지 않아도
훗날 지금 경험에 감사할 날이 올 것입니다.

☾

마음을 강하게 먹으세요. 살다 보면
실패할 수도 있고 실수할 수도 있고 욕먹을 때도 있어요.
내 인생에 미안한 마음이 든다면
좌절하지 말고 다시 일어서서 더 좋은 모습 보여주자고
강하게 맘먹으세요.

☾

누군가가 나를 거절했다고 너무 상처받지 말아요.
더 좋은 인연이 기다리고 있을지 모르잖아요.
처음 원했던 대로 되지는 않았지만, 나중에 보니
오히려 천만다행이었던 적이 살다 보니 참 많아요.

그 사람은 그 일을 거절한 것이지
네 존재를 거절한 것이 아니야.
자기 상황이랑 딱 맞지 않아 그렇게 결정한 것이지
너를 무시하려고 그런 것은 아니야.

하나의 목표나 사람에 꽂혀서
그 목표나 그 사람이어야만 한다고 생각할 수도 있습니다.
하지만 이것은 좋은 심리 상태가 아닙니다.
세상엔 다양한 길과 여러 사람이 있어요.
그 목표가 안 되면 다른 목표를 세워서 가면 되고,
그 사람이 나를 싫다 하면 다른 사람 만나면 됩니다.
마음이 꽂혔던 그 길만이 최고가 아닙니다.

시간과 공을 많이 들였다고 해서
안 되는 일을 오랫동안 붙잡고 있지는 마세요.
적당한 시점에 포기할 줄 아는 것도 지혜입니다.
포기한다고 끝이 아니고 새로운 길이 또 열립니다.

너무 완벽하게 하려고 하면 시작을 못 해요.
시작을 못 하면 시간이 갈수록 더 불안해져요.
박사 논문을 쓸 때 제 지도 교수님이 이렇게 말씀하셨어요.
"좋은 논문은 끝마친 논문이고, 박사 논문이
인생 최고의 책이 될 가능성은 희박하니 그냥 써라~."

내가 뭘 좋아하는지 모르면
남들의 욕망을 욕망하게 된다.
자기 기준이 없으니 어쩔 수 없이
남의 기준을 따르게 되는 것이다.
안타깝게도 그런 욕망들은
대체로 비싸거나 경쟁률이 높다.

우리는 자신을 다른 사람들과 같게 하려고
자신의 4분의 3을 포기한다.

— 아르투어 쇼펜하우어

☾

남들이 이미 많이 하는 일을 주변 권유로 선택해
그 속에서 남들보다 더 잘하려고 열심히 분투하는 것보다
나에게도 맞고 남들도 잘 하지 않는 일을
시간을 들여 잘 찾아보는 것이 길게 볼 때 더 좋지 않을까요?

☾

자신이 진정으로 뭘 하고 싶고, 뭘 할 수 있는지
혼자 아무리 많이 생각한다고 해서 찾을 수 있는 것은 아닙니다.
왜냐하면 뭘 하고 싶고 뭘 할 수 있는지는
이것저것 시도해보는 과정에서 나에게 찾아오기 때문입니다.

☾

정말로 마음에 딱 드는 것이 아니라면
여유를 두고 좀 기다리세요.
기다리면서 열심히 찾다 보면 정말로 나에게
딱 맞는 사람, 딱 맞는 일, 딱 맞는 물건이
어느 순간 나타납니다.

본인의 앞길은 하나씩 하나씩 보이는 것이지
한꺼번에 쫙 보이지 않아요.
꿈은 자동판매기에서 뽑으면 나오는 완성품이 아니고
내가 하나씩 만들어가는 것입니다.
지금 당장 할 수 있는 작은 것부터 시작하면 하나씩 보입니다.

저는 간절히 깨닫고 싶었고
그래서 남들이 어떻게 생각하든 상관없이 승려가 되었습니다.
정말로 간절히 하고 싶은 것이 있으면 하세요.
엄마도, 가족도, 세상도 결국엔
당신이 행복해지길 원해요. 용기를 내세요.

이루고 싶은 목표가 있으면 그것을 종이에 쓰고
바로 그 아래에 지금 내가 할 수 있는 구체적인 일들을 적으세요.
그리고 그 종이를 벽에 붙여놓고 매일 1분씩만 보고 있으면
적어놓았던 일들을 행동으로 옮길 확률이 높아져요.

현재의 나와 되고 싶은 나 사이의 거리가
멀면 멀수록 쉽게 우울해집니다.
지금 있는 그대로의 내 실력을 정직하게 진단하여
실현 가능한 목표로 재설정해보세요.
하나의 목표를 이루고 나면
그것보다 조금 더 높은 목표를 성취하는 것이 쉬워집니다.

☾

우리는 보통 짧은 시간 안에 많은 것을 이루고 싶어 하면서
10년, 20년 후에 이루고 싶은 목표는 잘 세우지 않습니다.
짧은 시간 안에 목표를 이루지 못했다고 실망하지 마세요.
긴 호흡으로 꾸준하게 가는 사람이 결국엔 큰일을 해냅니다.

☾

잘하는 일과 하고 싶은 일 사이에서 방황하는 중이라면,
둘 다를 동시에 할 수 있는 방법은 없는지 찾아보세요.
잘하는 일은 생계를 위해 계속하면서
하고 싶은 일은 퇴근 후나 주말에 조금씩 해보는 것입니다.
하고 싶은 일을 직접 해보면 '별거 아니었구나'
하는 생각이 들 수도 있고
반대로, 하면 할수록 자신감이 붙어 잘하는 일을 그만두어도
생계에 문제가 없겠다고 느끼는 시점에 도달하기도 합니다.
머리로만 '다른 일을 해보고 싶다' 생각하지 말고
작게라도 시작해보세요.

☾

운동을 해서 몸이 좀 더 유연해지면
에너지도 생기고 삶도 재미있어집니다.
집 안에만 있지 말고 몸을 움직여
아름다운 자연과 사람들을 만나보세요.
세상과 소통하지 않는 단절된 뻣뻣한 몸으로
생각만 바꾼다고 삶이 변화하지는 않습니다.

☾

여행 중이라 일회용 면도기를 열흘 넘게 쓰고 있다.
그러다 보니 칼이 낡아 면도할 때마다 약간씩 상처가 났다.
그래서 결정했다. 매끈하게 면도하겠다는 욕심을 버리고
천천히 살살 깎자고. 그랬더니 상처가 나지 않았다!
그렇구나. 뭐든 욕심을 내려놓고 천천히 살살 가면 되는구나.
빨리 가려고 하니까 문제가 생기고 힘든 거구나.

사는 게 힘들어

오늘은 걷는 것조차 힘들다고 느껴진다면

걸음을 그냥 반보씩 천천히 걸어요.

천천히 걷다 보면 느껴져요.

내가 감당할 수 있는 정도의 걸음으로 걸으면

괜찮아진다는 사실을.

내가 감당할 수 없는 속도로 갔기에

지금까지 힘들었다는 것을.

힘들 땐
조금 천천히 가도 괜찮습니다.

내 속에 있는 두 개의 나

'내 속엔 내가 너무도 많아 당신의 쉴 곳 없네'라는 가사로 시작하는 노래를 다들 한 번쯤 들어봤을 것이다. 여러 가수의 목소리로 불린 이 '가시나무'라는 곡을 들을 때면 사람 심리를 정말 잘 표현했다는 생각이 든다. 특히 내 속에 있는 여러 개의 '나'들로 인해 '내가 어쩔 수 없는 어둠', '내가 이길 수 없는 슬픔'이 있다는 부분이 마음에 와닿는다. 실제로 그렇기 때문이다. 내가 의도하지 않아도 내 속에 있는 너무 많은 '나'들이 서로 충돌하면서 다른 사람에게 상처를 주고 내 마음도 편할 날이 많지 않다.

심리학적으로 보면 내 속에 있는 여러 개의 '나'들은 크게 두 가지로 모아지는 듯하다. 하나는 내가 되고 싶어 하는, 자기 스스로가 원하는 '나의 나'가 있고, 나머지 하나는 가족이나 사회가 기대하는 '남의 나'가 있다. 즉 '나의 나'는 내 안에 있는 개인적인 욕망이나 스스로가 원하는 삶의 방향과 행동 등을 의미한다면 '남의 나'는 주위 사람들이나 사회가 나에게 거는 기대나 바람, 요구, 책임이 자기도 모르게 내면화되어 내 속에 들어와 있는 것을 의미한다.

사람이라면 누구나에게 이 두 가지의 '나'가 자리 잡고 있는데, 문제는 이 둘의 적절한 조화가 쉽지 않다는 것이다. 특히 나이가 어릴수록, 성년이라도 엄하고 가부장적인 부모 아래서 자란 사람일수록 '나의 나'보다 '남의 나'의 힘이 강하다. 어렸을 때는 마땅히 부모님께 해야 할 것과 하지 말아야 할 것을 가려 배워야 하므로 부모님의 가르침과 통제 속에서 살 수밖에 없다. 하지만 그것이 너무 과하면 어른이 되어서도 '나의 나'가 하는 소리를 듣지 못하고, 심하면 '나의 나'가 없는 것처럼 느끼게 만들어버린다.

예를 들어, 성인이 되었는데도 자기 인생에서 하고 싶고 이루고 싶은 것이 무엇인지 모르는 경우가 많다. 자기 삶을 이끄는 가치가 무엇인지, 무엇을 했을 때 자유롭고 행복한지, 어떤 일을 하면 보람을 느끼는지 스스로 인지하고 삶을 선택해 나가야 하는데 인지를 못 할뿐더러 그 선택을 자신이 하려 하지 않고 타인에게 묻거나, 다른 사람들이 하는 것을 보며 따라 하려고 한다. 더욱이 '남의 나'의 힘이 강할수록 자신의 정체성을 스스로가 아닌 타인을 통해서 세우려고 한다. 아버지의 아들로, 누군가의 아내나 남편으로, 아이들의 부모로 자신의 정체성을 삼는다.

이렇게 되면 자신의 행복을 위해 스스로 할 수 있는 일은 없고 타인에게 자신의 행복을 의탁하게 된다. 아이가 공부를 잘하는가 못하는가에 따라, 혹은 배우자가 승진하느냐 마느냐에 따라 내 인생의 행복이 결정된다. 자기를 위한 삶을 제대로 살아본 경험이 없기 때문에 희생적이면서도 의존적이 되기 쉽다. 게다가 아이나 배우자, 부모와의 경계선이 모호해져서 넘지 말아야 할 선을 함부로 넘으며 서로에게 너무 많은 것을 바라고 간섭하고 간섭당하며 다툼을 반복하게 된다.

물론 '남의 나'로 사는 장점도 있다. 가족이나 주변 사람들이 그 사람을 좋아할 가능성이 높다. 아마 칭찬도 많이 할 것이다. 부모님 말씀을 거역하지 않고 고분고분 시키는 대로 착하게 사는 모습, 자신을 희생하면서 가족을 위해 헌신하는 모습을 보면서 싫어할 부모나 배우자는 많지 않다. 하지만 어느 순간 아이들이 결혼해서 분가하거나 부모나 배우자가 세상을 먼저 떠난 경우엔 어떻게 하겠는가? 그때라도 '나의 나'가 하는 소리를 들으면 좋겠지만 평생 남만 보고 산 사람은 그것이 쉽지 않다.

하지만 대다수 사람들의 경우 나이가 들면 들수록 결국에는 '나의 나'를 찾고자 한다. 돌아가신 박완서 선생님께서는 노년에 이런 글을 쓰셨다고 한다.

"나이가 드니 마음 놓고 고무줄 바지를 입을 수 있는 것처럼 나 편한 대로 헐렁하게 살 수 있어서 좋고, 하고 싶지 않은 것을 안 할 수 있어 좋다. 다시 젊어지고 싶지 않다. 하고 싶지 않은 것을 안 하고 싶다고 말할 수 있는 자유가 얼마나 좋은데 젊음과 바꾸겠는가. 소설도 써지면 쓰겠지만 안 써져도 그만이다."

나도 사십 대 중반의 문턱을 넘을 즈음 예전에 비해 타인의 시선을 덜 의식하고 있음을 알게 됐다. 사람들이 알아보거나 말거나 대중목욕탕도 편안히 잘 다니고 산책길에 흥얼거리며 혼자 노래도 종종 부른다. 강의나 글 청탁이 오면 무리일 때는 무리라고 거절도 꽤 잘하게 되었고 남들이 나에 대해 어떻게 생각하는지 더 이상 물어보지 않는다. 하지만 그렇다고 '남의 나'를 완전히 무시하고 살면 다른 사람과 관계가 불필요하게 나빠질 수 있다. 그래서 '남의 나'와 '나의 나' 사이의 적당한 균형을 유지할 줄 아는 것이 어른으로서 갖춰야 할 자세인 것 같다. '남의 나'에 눌려 눈치 보며 사는 것도 아니지만 '나의 나'만 좇으며 타인과의 관계를 등한시하는 것도 아닌, 적당히 그 둘 사이를 조절해가면서 사는 것이 내 인생을 즐겁고 건강하게 사는 법이지 않나 생각해본다.

사람에겐 '남들에게 보여주고 싶은 나'와

'욕망하는 나'가 동시에 존재합니다.

그 둘 사이에서 갈등하는 것이 인생이에요.

욕망하는 나를 남들이 알까 두려워

무조건 억누르거나 수치스럽다고 생각하지 말고

있다는 사실을 받아들여 보세요.

받아들이는 순간 편안해지고 사람에 대한 이해가 깊어져요.

"사람은 이렇게 살아야 해" 하고

자라면서 나에게 프로그램된 관념들이 있어요.

그 관념이 나를 항상 부족한 사람, 문제 있는 사람으로 만들고

그 관념처럼 살지 않는 사람을 보면 쉽게 비판하면서

자신을 거만하게 만듭니다.

남들을 너무 의식하면서 사는 거,

어려서 엄한 부모님께 많이 혼났거나

주위 사람으로부터 너무 많은 평가를 받아서 그럴 수 있어요.

하지만 나이가 들어서도 남 눈치만 보면서 살면 되겠습니까?

남들은 성인이 된 나에게 그다지 관심이 없어요.

어느 정도 신경 끄고 편하게 살아요.

미안하지만 그 사람,

너를 쭉 무시하고 있을 만큼

너에 대한 관심 없어.

남들이 너를 생각하고 있다고

너만 착각하고 있는 거야.

☾

인생을 덜 힘들게 사는 방법 하나:
검색란에 자기 이름 치지 말기

인생을 덜 힘들게 사는 방법 둘:
그들이 나에 대해 뭐라 했는지 안 물어보기

인생을 덜 힘들게 사는 방법 셋:
싫으면 싫다고 좋으면 좋다고 일찍 말해주기

☾

남들이 나에 대해 뭐라고 하는지
일부러 다 알려고 하지 마세요.
골치만 아프고 마음만 상해요.
남 뒷담화하는 것이 습관화된 사람하고
말싸움해봤자 나만 손해입니다.
그냥 하던 대로 내 일에 몰두해요.

☾

현대인들은 살면서 외부로부터 많은 정보를 접합니다. 우리가 힘든 이유는 이런 정보들에 반응만 하기 때문입니다. 특히 스마트폰을 쓰다 보면 하루를 반응만 하다 끝낼 수도 있어요. 반응만 하면서 끌려다니지 말고 자기가 결정하고 주도하는 삶을 사세요.

☾

내가 가진 나에 대한 어떤 신념이
내 꿈을 성취할 수 없도록 가로막고 있는 걸까요?
내가 무가치하다거나 무능력하다고 느낀다면
그런 신념은 대체 누가 심어준 것일까요? 원래 내 것이었나요?
아니면 누군가가 한 말을 나도 모르게 믿기 시작한 것인가요?

남들의 부정적인 의견이 내 운명을 좌지우지하게 두지 마세요.
내 미래에 대해 이래라저래라 말하는 사람들은
내 마음 버스에서 몽땅 다 내리라 하시고
내가 지금까지 온 길, 계속해서 운전해서 가시면 돼요.

사람은 자기 안의 어떤 모습이 싫으면
그 모습을 스스로 바꾸려 하지 않고
그 모습을 한 다른 사람들을 바꾸려 한다.

자기의 꿈을 이룬 사람이나 진정으로 도전해본 사람은
다른 사람의 꿈을 쉽게 깎아내리지 않습니다.
가만히 보면 용기 없는 사람들이 용기 있는 사람을
여러 이유로 폄하하고 자기 수준으로 끌어내리려 합니다.

‘진짜로 할 수 있을까? 나 같은 사람이 어떻게 감히
그것을 목표로 할 수가 있겠어’ 하고 떨리고 두렵다면
지금 바로 용기를 내서 그것을 하세요.
나는 그것 때문에 성장합니다.
설령 실패를 하고 생각처럼 일이 풀리지 않더라도요.

‘고통스럽더라도 익숙한 것’과
‘행복을 가져다줄 새로운 것’ 가운데
사람은 보통 고통스럽더라도 익숙한 것을 선택한다고 합니다.
내 고통에 그렇게 충성할 필요 없어요.
익숙하지 않아 두렵더라도
용기를 내서 행복의 길을 선택하세요.

☾

어떤 순간이든 우리에겐 두 가지 선택지가 있습니다.
성장을 하기 위해 앞으로 나아가거나
아니면 안정을 위해 뒤로 물러나거나.

— 에이브러햄 매슬로

☾

사람은 생각보다 안정적인 것을 원하지 않습니다.
안정된 직장이나 인간관계를 추구했던 사람도
막상 안정적인 상황이 오면 지루해합니다.
그러니 무조건 안정보다는 나를 성장시키는,
조금은 어려운 일이나 익숙하지 않은 일에도 때때로 도전해보세요.

☾

사람들이 성공하지 못하는 이유는
속으로 생각만 하고
행동으로 옮기지 않기 때문이다.

☾

어른 스님께서 말씀하셨다.
"하든지 안 하든지 둘 중에 하나지
그냥 노력하겠다는 말로 대충 넘어갈 생각하지 말아라."

☾

문제가 있는데 그 문제와 마주해 해결하는 것이 두렵기도 하고
방법을 딱히 몰라서 미루어놓는 경우가 있어요.
그런데 미루고 미루다 보면 크게 터져요.
진작에 해결할걸 후회하지 말고
찾아보면 해결하는 길이 보여요.

☾

스스로가 알아서 변화하지 않으면
세상이 나를 변화하도록 만듭니다.
물론 후자가 훨씬 고통스럽습니다.
하지만 그 고통은 내 영혼을 성장시키기 위해 있는 것이지
우리를 괴롭히려고 존재하는 것은 아니에요.

☾

산 아래에서는 정상이 잘 보이지만
막상 산을 오르기 시작하면
나무에 가려 중간에서는 잘 보이지 않습니다.
목표를 세워 앞으로 갈 때도 한창 노력하고 있을 땐
앞으로 가고 있는지 잘 느껴지지 않아요.
진보가 없다고 느껴질 때 사실 진보가 있습니다.
주저 말고 계속 가세요.

☾

자신의 노력으로 그 분야 정상에 오른 사람일수록 만나 보면 '나는 성공한 사람이다'라는 우월감에 찬 태도가 없습니다. 왜냐하면 성공은 혼자 힘으로 되는 것이 아니라는 사실을 알기 때문입니다. 그러나 지금 막 뜨고 있거나, 자기 노력으로 성공한 경우가 아닐수록 '내가 누군지 알아?' 하는 요상한 느낌을 줍니다.

크게 성공한 사람일수록
그 사람 명함의 내용은
아주 심플하다.

어떤 큰일을 이루고 나면 느끼게 됩니다.
이제부터가 진짜 시작이라는 사실을.

십 대로 돌아가 나에게 해주고 싶은 말:
지금 죽을 것같이 힘들고 중요한 일도
나중에 돌아보면 삶의 아주 작은 부분에 불과해.
친구들이 나에 대해 무슨 이야기를 했는지는 그리 중요하지 않아.
그리고 지금 생각하는 길 외에도 삶에는 수많은 길들이 있으니
좀 실패해도 괜찮아. 생각보다 인생 길어. 힘내.

스무 살 나에게 돌아가 해주고 싶은 말:
좀 더 힘을 빼고, 좀 더 솔직해져 봐.
좀 덜 비교하고, 좀 더 여유를 가져봐.
생각을 많이 한다고 생각대로 인생이 돌아가진 않아.
앞날을 두려워 말고 지금 너의 열정을 즐기다 보면
생각지도 못한 인연들이 생길 거야.

서른 살 나에게 돌아가 해주고 싶은 말:
작은 성공이나 편안함에 안주하지 마.
타인에게서 배울 점을 찾아봐.
사람을 볼 땐 학벌, 집안, 스펙 같은 외형보다
그 사람의 성장 과정, 성격, 유머감, 끈기 같은 걸 봐.
자연과 책을 가까이하고 운동도 꾸준히 하고.

☾

다이어트에 성공한 친구가 한 말:
"운동은 몸을 건강하게 만들어주지만
살을 뺄 때는 음식 조절이 더 중요해요.
아무리 한 시간 반 동안 죽어라 운동해도
300칼로리밖에 소모시키지 못하지만
빵 하나 먹지 않으면 그 열량 바로 줄거든요."

☾

착한 사람보단 단단한 사람이 되시고,
단단한 사람보단 지혜로운 사람,
지혜로운 사람보단 아는 걸 행동으로 옮길 줄 아는
덕을 갖춘 사람이 되셔서
이 험난한 세상 잘 헤쳐 나가시길….

내 안의 고통에 먼저 귀 기울이세요

마음이 과거의 기억이나 미래의 불안에 머무르려 할 때, 나는 현재 내 몸의 느낌에 집중한다. 지금 내 어깨가 어떤 느낌인지, 혹시 뭉치고 긴장돼 있는 건 아닌지, 지금 내 배와 가슴은 어떤 느낌인지, 주의를 내 안으로 돌려 몸 전체를 한번 쭉 살펴본다. 그렇게 하면 과거와 미래를 넘나들던 생각에서 빠져나와 마음이 현재에 머물게 된다. 아무리 바쁘고 괴로워도 현재에 마음을 온전히 두면 그렇게 바쁘지도 괴롭지도 않다. 아무리 과거를 후회하고 아직 일어나지 않은 미래의 일을 불안해해도 사실 마음만 어지러울 뿐, 어차피 이미 지나간 과거의 일을 바꿀 수도, 일어나지 않은 미래의 일을 지금 마음대로 조정할 수도 없다. 이렇게 몸의 감각을 통해 고요한 현재로 돌아오는 습관을 들인 것은 틱낫한 스님의 가르침 덕분이다.

몇 년 전 세계적인 평화 운동가이자 영적 스승인 틱낫한 스님께서 한국을 방문하셨을 때 감사하게도 스님 법문을 통역하는 소임을 맡게 되었다. 당시 세수 88세이심에도 스님께서는 하루도 빠짐없이 대중들을 위한 가르침을 주셨다. 곁에서 뵌 스님은 평화롭고 자애로운 큰 소나무와 같아서 곁에 있는 내 마음 또한 스님의 넉넉한 그늘 아래서 편안하고 고요해졌다. 특히 스님께서 걷기 명상을 하시며 한 걸음 한 걸음 내디디실 때마다 마음이 온전히 지금 이곳에 있음을 곁에서 느낄 수 있었다. 수행이란 본래 그렇게 신비한 것도 복잡한 것도 아니며 우리 가까이에 있는 친숙한 것이라는 사실을 몸소 보여주시는 듯했다.

스님의 법문 중 가장 인상 깊었던 것은 마음 수행이 깊어질수록 관계의 회복이 가능해진다는 말씀이었다. 흔히 '수행'이라고 하면 혼자 깊은 산속에 들어가 세상과 단절된 채 도를 닦는 것이라 생각한다. 하지만 진정으로 마음 수행이 잘되고 있다면 가까이 있는 사람들과 어긋났던 관계가 수행의 결과로 회복되어야 한다. 만약 가족이나 친구와 말다툼을 하거나 오해가 생겨 관계가 틀어진 경우, 수행자라면 그들과의 관계를 회복하려는 모습을 보일 때 수행을 제대로 했다고 말할 수 있다는 것이다.

스님의 이러한 현실적인 수행관은 깊은 사유에 근거하고 있다. 스님의 책《꽃과 쓰레기》를 보면 꽃과 쓰레기가 서로 단절되어 독립적으로 존재하는 것으로 보이지만 실제로는 절대로 그렇지 않음을 알 수 있다. 꽃이 존재하기 위해서는 쓰레기처럼 보이는 땅의 영양분이 공급되어야 하고, 반대로 꽃도 시간이 지나면 다시 땅으로 떨어져 쓰레기의 모습을 한다. 즉 꽃과 쓰레기에서 보듯 세상 만물은 따로 떨어져 홀로 존재하는 것이 없고 서로를 의지하며 한 모습으로 살아간다는 것이 스님의 가르침이다.

이러한 가르침은 우리 인간관계에도 적용된다. 예를 들어, 우리가 지극히 사랑하는 이가 아프면 우리 역시 육체적으로 아프지는 않지만 마음이 편치 않고 따라 아파진다. 수행자가 구하는 깨달음이라는 것도 이처럼 우리 존재가 서로 긴밀하게 연결되어 있다는 사실을 삶 속에서 바로바로 느껴 아는 것이다. 때문에 가까운 이들과의 관계가 틀어져 막혀 있다면 그 관계를 회복하고 소통하는 것이 진리와 가까운 모습이고 참다운 수행이라 할 수 있다.

그렇다면 어떻게 해야 틀어진 관계를 회복할 수 있을까? 이에 대한 답으로 틱낫한 스님은 먼저 우리 자신의 고통에 귀 기울여야 한다고 말씀하셨다. 내가 현재 겪는 어려움이 어느 부분에서 몸의 긴장으로, 혹은 마음의 아픔으로 나타나는지 그곳에 관심을 온전히 기울여야 한다는 것이다. 내 존재를 사랑하는 마음으로 나에게 먼저 봄 햇살처럼 따뜻하게 관심을 주면서 비추면 내가 표출하지 못했던 아픔의 에너지가 서서히 표현되면서 풀어지고, 그때 비로소 다른 이들의 고통을 헤아릴 수 있는 마음 상태가 된다는 것이다.

그다음 단계는 관계가 소홀했던 이를 찾아가 그의 아픔을 아주 따뜻한 마음으로 들어주는 것이다. 상대가 오해를 해 나에게 화를 내거나 사실이 아닌 말을 해도 그것에 즉시 반응해서는 안 된다. 뭉치고 막힌 상대의 에너지가 풀어지기 위해서는 서운했던 감정을 다 말할 수 있도록 사랑하는 마음으로 들어줘야 한다. 이것이 가능해지는 까닭은 내 안의 고통에 먼저 귀를 기울였기 때문이고, 상대의 고통과 나의 고통이 따로 존재하는 것이 아니라 연결되어 있음을 깨달았기 때문이다.

틱낫한 스님 말씀을 통역하며 나 역시 '나는 내 안의 고통에 충분히 귀 기울였던가?' 하고 돌아보게 되었다. 그냥 바쁘다고 모르는 체한 것은 아닌지, 아니면 영화를 보거나 사람들과 수다를 떨면서 그 고통을 잠시 잊어보려고 한 것은 아닌지 돌아보게 되었다. 대부분 사람들의 마음은 주로 외부로 향해 있다. 그러다 보니 내 몸과 마음 안에 있는 느낌을 섬세하게 알아차리는 것에 익숙하지 않을 수 있다. 하지만 외부로 향한 나의 주의를 끌어와 내 안의 존재에 따스

한 봄 햇살 같은 관심을 기울여야 한다. 왜냐하면 그것이야말로 자기 자신을 사랑하는 일이자 몸과 마음에 뭉쳐 있던 괴로움의 에너지를 풀어내 근본적으로 치유가 가능한 길로 들어서게 하는 방법이기 때문이다.

틱낫한 스님 말씀 가운데 '우리는 서로가 따로따로 존재한다는 잘못된 환상으로부터 깨어나기 위해 태어났다'라는 가르침이 있다. 꽃과 쓰레기가 서로서로 의존해서 살아가듯 나의 치유와 타인의 치유 역시 분리되어 있지 않고 연결되어 있다는 사실을 잊지 말아야 할 것이다.

2 장

가족이라
부르는 선물

할머니의 별

할머니 방 문을 열고 인사를 했다.

"할머니. 저 돌아왔어요."

텔레비전을 틀어놓고 그 앞에서 꾸벅꾸벅 졸고 계시던 할머니는 내 목소리에 깨어나시더니 깊게 패인 주름 사이로 환한 미소를 지으셨다.

"아이고, 우리 강아지 왔네. 외국에서 공부하느라 제대로 먹지도 못하고 얼마나 고생이 많았노."

"할머니, 고생은요. 외국에도 우리나라 음식 많아요."

마른 장작처럼 거친 할머니 두 손을 맞잡으며 나는 대답했다.

"그래도 집 음식만 할까. 말도 잘 안 통하는 외국 나가서."

손자의 타국 생활이 안타까우신지 할머니는 연신 내 손을 쓰다듬으며 밥걱정부터 하셨다. 속가 할머니와의 대화는 어려웠던 우리네 시대를 반영하듯 주로 밥 이야기로 시작했다. 언제나 손자에게 한 술이라도 더 먹이고 싶으셨던 할머니는 아침 먹은 지 채 두 시간이 지나기도 전에 혹시라도 배가 고프지는 않은지 물어보시곤 했다. 어렸을 땐 그런 할머니가 요즘 시대를 잘 모르셔서 자꾸 먹으라고만 하신다고 생각했는데, 어른이 되고 보니 오히려 내가 할머니의 삶과 할머니의 마음에 대해 너무 몰라 그렇게 버릇없이 굴었다는 생각이 든다.

할머니께선 당신의 아버지가 일찍 돌아가셔서 의붓아버지 아래서 눈치를 보며 어렵게 자라셨다고 한다. 학교도 보내주지 않아 평생 글 모르는 까막눈으로 사셨고, 일찍 남편을 만나 결혼했지만 할아버지는 변변한 직업도 없이 평생 한량으로 사셨다. 할머니는 홀시어머니를 모시며 여섯 남매를 혼자 벌어 키우셨다. 30년이 넘는 세월을 시장에서 고구마, 산나물, 생선 같은 것을 놓고 파셨다고 하는데 긴 세월만큼이나 별별 우여곡절을 겪어내셔야 했다. 내가 출가하기 전 할머니께서 들려주신 이야기 중에 6.25 한국전쟁 때 겪으셨다는 일이 생각난다. 전쟁 발발 후에도 할머니는 가족 끼니를 위해 시장에 나가 작은 좌판 위에 고구마며 나물이며 올려놓고 파셨는데, 남한 돈을 좀 벌어놓으니 북한군이 내려와 남한 돈을 쓰면 총을 쏘겠다고 엄포를 놓아서 어쩔 수 없이 남한 돈을 다 버리셨다고 한다. 그 후 또 고구마를 팔아 북한 돈을 조금 벌어놓으니 이번엔 남한군이 올라와 북한 돈을 못 쓰게 만들었다고 한다.

또 한 번은 피난을 가려고 큰고모와 작은고모를 양손에 잡고 아버지를 등에 업고 시골 고향으로 향하던 중에 갑자기 비행기 공습 사이렌이 울렸다고 한다. 아이들을 데리고 근처 공습 대피소에 들어가려고 하니 이미 대피소가 가득 차서 더 이상 사람을 받아줄 수 없다고 어느 인정머리 없는 젊은 아낙이 모질게 이야기했다고 한다. 아이들 앞에서 대피소 문을 닫아버린 그 아낙이 어찌나 원망스러웠던지 한참 동안 욕을 하며 논두렁 한가운데에 아이들과 덩그러니 앉아 공습이 끝나기만을 기다리셨단다. 그런데 하필이면 전투기가 그 대피소를 폭격해 그 인정머리 없는 처자가 새까만 잿더미로 변한 것을 직접 목격하셨다고 한다. 결국 그 처자 덕분에 가족의 목숨을 건진 것이었으니 그녀에게 그렇게 욕을 퍼부었던 것을 두고두고 미안해하시고 가슴 아파하셨다.

지독한 세월을 어렵게 살아내셔야 했지만 할머니는 여리디여린 마음을 지닌 분이셨다. 할머니 하면 가장 먼저 떠오르는 모습은 기도하는 모습이다. 할머니는 거의 매일 새벽마다 장독대에 정화수를 떠놓고 자식과 손주들을 위해 칠성님께 기도를 올리셨다. 한번은 도대체 무슨 기도를 올리시는 거냐고 여쭈어보니 할머니는 "우리 강아지가 어른이 되면 원하는 대로 깃발 날리면서 잘 살게 해달라고 기도하는 거지"라고 말씀하셨다.

할머니의 칠성기도七星祈禱의 시작은 할머니 나이 이십 대 후반 즈음으로 거슬러 올라간다고 한다. 첫 아이가 딸로 태어나자 할머니의 시어머니는 할머니를 크게 구박하셨다. 그런데 둘째도 딸이자 시어머니 괄시가 도저히 참기 힘들 정도에 이르렀던 것이다. 그때부터 할머니는 매일 새벽마다 아들을 낳게 해달라고 칠성님께 정성을 다해 기도를 하셨다. 그 후 할머니는 속가 큰아버지와 아버지를 낳으셨다. 아들 둘을 내리 낳으신 것이다. 하늘의 별들과의 특별한 인연 덕분인지 신기하게도 첫 아들인 내 큰아버지는 공군사관학교에 들어가 공부를 하셨고 나중에는 별 셋을 달고 중장으로 퇴역하셨다. 할머니께서는 이 모든 것이 칠성님의 보살핌 덕분이라며 스스로 몸을 움직일 수 있는 순간까지 평생 기도를 멈추지 않으셨다.

속가 어머니께서 언젠가 할머니께 여쭈어보셨다고 한다. 칠성님께 기도하는 법을 어머니께서는 누구에게 배우셨는지를. 그러자 할머니는 당신의 할머니가 그렇게 기도하는 것을 보고 배운 것이라고 답하셨다고 한다. 새벽하늘에 떠 있는 별을 향한 칠성기도는 우리 할머니의 할머니 또 그 할머니의 할머니에게서 그렇게 쭉 이어져 내려왔을 것이다.

사춘기 시절, 종교에 대해 차츰 알아가게 되었을 때 할머니가 믿던 전통 민속 신앙 형태를 '미신'이라고 한다는 것을 알게 되었다. 나 역시 비과학적이고 기독교에서 말하는 우상 숭배 같아서 어린 마음에 할머니의 기도를 마음속으로 폄하한 적이 있다. 그러나 종교학을 공부하고 대학에서 여러 종교들을 가르치다 보니 나의 어린 생각이 얼마나 어리석었던 것인지 깨닫게 되었다. 미신이고 미신이 아니고는 그 시대 가장 지배적인 종교가 무엇이냐에 따라 결정되는 것이다. 지배적인 종교 이외의 종교를 믿으면 지배적인 종교가 미신이라는 이름하에 다른 종교들을 속박해온 것이다. 세월이 지나 지배 종교가 바뀌면 우리의 후손들도 지금 우리 기도의 대상을 미신이라고 규정할지도 모른다. 하지만 기도의 대상은 끊임없이 변할지언정 자식을 향한 어머니의 간절한 마음만은 신들의 이름이 바뀌어도 변하지 않는다.

출가를 하고 나서도 가끔 속가 집에 들러 할머니 방에서 할머니와 함께 텔레비전이나 옛날 사진을 보며 이런저런 이야기를 나누던 기억이 난다. 할머니 마음을 기쁘게 해드리고 싶어 배가 불러도 밥 한 숟가락 더 뜬 적도 많았는데 몇 년 전에 돌아가셔서 할머니와 더 이상 그럴 수 없다는 게, 돌아보니 한으로 남는다.

새벽 예불을 마치고 법당 위에 뜬 별들을 보면서 나도 칠성님께 기도해본다. 제발 우리 할머니 다음 생에는 편한 곳에서 태어나게 해달라고. 좋은 부모, 좋은 남편, 좋은 시대 만나 이번 생처럼 힘들고 어렵지 않게 곱게 곱게 사실 수 있도록 해달라고.

나무 치성광 여래, 나무 치성광 여래, 나무 치성광 여래.

꼬마 아이가 돌멩이를 주워 엄마에게 선물하면
엄마는 그것이 무엇이든
아이가 자신을 기억해주었다는 점에 감동합니다.
마찬가지로 우리가 어떤 내용으로 기도를 하든
초월자는 기도 내용보다
자신을 기억하고 있다는 점 때문에 인간을 축복합니다.

세계 평화를 위해서 우리는 무엇을 할 수가 있을까요?
바로 집에 있는 가족들을 먼저 사랑해주는 것입니다.
모든 사람이 다 큰일을 할 수는 없습니다.
하지만 사랑을 담아 작은 일들을 할 수는 있습니다.
— 테레사 수녀님

☾

어느 큰스님께서 그러셨어요.

조부모와 손자 손녀는 전생에 친구였을 확률이 높다고요.

그래서 부모 자식 간은 그렇게 싸우지만

할아버지 할머니하고는 사이가 좋다고요.

☾

사춘기 아이가 좋아하는 가수의 음악이나 춤, 게임에

관심을 가져보세요.

아이에게 그 가수나 게임에 대해 질문해보기도 하고

아이와 같이 춤도 춰보세요.

공부하라고만 하지 말고 아이가 좋아하는 것들에

관심 가져주고 부모가 아이에게 배워보려고 할 때

오랜만에 같이 웃고 대화도 가능해집니다.

☾

그 사람의 있는 그대로의 모습을 온전히 받아주면
자꾸 바꾸라고 강요하지 않아도
때가 되면 스스로 알아서 변화하려고 합니다.
누군가를 변화시키고 싶다면
그 사람의 있는 그대로의 모습을 먼저 수용하고
그 마음을 헤아려주세요.

☾

아이들이 연애한다고 할 때
얼씨구 잘됐구나 하고 같이 기뻐해주세요.
못 하게 막아도 아이들은 다 합니다.
그리고 연애처럼 사람을 성숙시키는 삶의 스승은 없습니다.
부모가 지지해주면 아이들은 오히려 탈선하지 않습니다.

☾

연애가 깨질 때

우아하게 헤어지는 사람은 없습니다.

'나란 인간도 엄청 치사하구나. 아주 못됐구나'를 깨달아야

다른 완벽하지 못한 사람을 봤을 때

쉽게 손가락질하지 않게 됩니다.

☾

연애도 해본 애들이 잘합니다.

부모 말만 잘 듣는 착한 아이들보단

부모가 반대하든 말든 하고 싶은 연애하면서

인간관계를 어떻게 해야 하는지 몸소 배운 친구들이

나중에 보면 결혼 생활도 더 잘해요.

사람은 각자 인생에서
자기만의 춤을 만들어 추고 있습니다.
실패도 상처도 그 춤의 일부분입니다.
힘들까 봐 자식의 춤을 부모가 대신 춰주면
언젠가는 아이가 그 부분을 다시 춰야 합니다.
아이의 춤을 인정해주세요.

성인이 된 자녀 스스로 해결해야 할 문제를
부모가 나서서 해결하려는 과잉 책임감과
자녀 문제의 원인을 다 본인 탓으로 여기는 과잉 죄책감은
그 누구에게도 도움이 되지 않아요.
아무리 내 아이라 하더라도 다른 사람의 삶을
다 책임지려 해서도 안 되고, 책임질 수도 없습니다.

☾

죽기 전에 하는 후회 중 하나가 바로
'아이들 본인 원하는 대로 살게 놓아줄걸'이라고 합니다.
아이들 인생을 부모 생각대로 컨트롤하려 했다가
결국 누구도 행복하지 않은 결과를 초래했다고 후회를 한대요.

☾

부모님을 나의 부모가 아닌
실수도 할 수 있는 한 사람으로 보며 이해할 때
우린 비로소 어른이 됩니다.

☾

살다 보면 아픔을 겪고 있는 가족이나 친구에게
내가 해줄 수 있는 것이 아무것도 없는 상황을 만날 때가 있습니다.
이때 세상의 파도에 같이 휩쓸려 울고불고하지 말고
고요한 평정심을 유지하세요.
나의 침착한 눈빛이 상대에게 큰 힘이 됩니다.

우리가 무상無常의 진리를 모르는 것은 아닙니다.
그냥 내 소중한 것들은 변하지 않고 항상 존재할 것이라고
막연하게 여겨왔기 때문에 막상 잃어버렸을 때
너무도 가슴이 아픈 것입니다.

소중한 무언가를 잃는 경험을 할 때
그 아픔으로부터 나를 보호하기 위해
세상을 원망하면서 마음의 문을 닫아버릴 수도 있지만
나의 존엄성을 지키며 깊은 사랑으로 응답할 수도 있습니다.

☾

부모님이 돌아가신 후
형제간에 부모님의 유산을 나눌 때
잘못하면 큰 상처와 오해를 주고받게 됩니다.
유산 때문에 서로 다신 안 보는 사이가 된다면
돌아가신 부모님께서 뭐라고 하실까요?
자기 욕심을 조절할 줄 아는 지혜가 함께하시어
여생을 혼자가 아닌 형제들과 함께하시길.

☾

아무리 재산이 많아도 서로 다투면 부족하다고 느끼고
반대로 떡 한 조각밖에 없어도 서로 나누면 남습니다.

내가 비록 모든 재산을 남에게 나누어준다 하더라도

또 내가 남을 위하여 불 속에 뛰어든다 하더라도

사랑이 없으면 모두 아무 소용이 없습니다.

— 고린도전서 13장 3절

불교 사상 가운데 자비무적慈悲無敵이라는 말이 있습니다.

무서운 세상에서 자신을 보호할 수 있는 가장 강력한 무기는

상대를 미워하지 않는 자비로운 사랑의 마음이라는 뜻입니다.

자비한 마음에는 적이 없습니다.

자기 존중감이 높은 사람일수록
남을 똑같이 존중하고, 남에게 친절하게 대합니다.
남을 쉽게 무시하고 하찮게 대하는 것은
자라면서 제대로 존중받은 경험이 없거나
본인 스스로가 지금 하찮다고 느끼기 때문이에요.

살면서 성별, 고향, 외모, 학력, 돈, 나이, 종교 때문에
차별받거나 혐오적인 말을 들어본 사람이라면
지금 우리 주변에서 차별받는 외국인 노동자, 장애인,
어르신, 성 소수자들의 심정이 어떨지 이해할 수 있습니다.
내가 경험한 아픔이 다른 차별받는 사람들을 존중하고
혐오 발언으로부터 보호하는 자비의 계기가 되기를….

지금 이 글을 읽으시는 분의 하루가

행복하고 밝아지시기를, 웃음과 함께하시기를

쉼을 통해 내면의 고요와 만나시고

잊었던 자연의 아름다움을 느끼시고

사랑하는 가족과의 유대감이 회복되시길.

따뜻한 등불 같은 기억

초등학교 4학년 때 부모님은 나와 남동생을 데리고 더 나은 삶을 꿈꾸며 지방 도시에서 서울로 이사를 하셨다. 할머니 할아버지와 함께 큰 집에서만 살다가 낯선 서울의 변두리 동네로 이사 와 '한 지붕 세 가족'의 단칸방에서 새로운 삶을 시작하려니 처음엔 많이 무섭고 힘들었다. 그 전까지만 해도 가족의 범위가 부모님을 비롯해 할아버지, 할머니, 고모, 삼촌, 사촌 형들과 누나들 그리고 종종 방문하는 친지들로 넓었는데, 서울에 오니 비좁아진 집만큼이나 서로를 챙겨주는 가족의 범위가 좁아졌다는 점이 나를 외롭고 불안하게 했다.

하지만 좋은 점도 있었는데, 그것은 엄마와 더 많은 시간을 보낼 수 있다는 점이었다. 서울로 이사 오기 전의 엄마 모습은 결혼 생활과 함께 시작된 시집살이로 어린 내 눈에도 편안해 보인 적이 없었다. 시부모님 눈치를 보며 그 많은 식구를 위해 집안일을 하셔야 했으니 항상 바쁘고 긴장한 모습이셨다. 어린 나는 그런 엄마보다는 더 여유가 있고 더 행복해 보이는 고모나 삼촌과 시간을 보내는 걸 좋아했다. 부모님도 처음 몇 년간은 서울 생활 적응에 어려움이 있으셨는데 특히 살림만 하셨던 엄마는 예전보다 시간적으로는 여유로워졌지만, 서울 생활을 특별히 즐기지는 못하셨던 것 같다. 다만 나와 내 동생이 학교에서 돌아올 때쯤이면 엄마는 항상 삶은 옥수수나 소보로빵 같은 간식을 준비해놓으셨는데 그것은 아마도 엄마에게 낮 시간 동안의 가장 즐거운 일거리이지 않았나 싶다.

간식거리가 떨어지면 엄마와 나는 이런저런 물건도 살 겸 일주일에 한두 번씩 집에서 걸어서 이십 분 정도 거리에 있는 근처 시장으로 향했다. 시장 안에는 새로 생긴 큰 슈퍼마켓이 있었는데 동네 구멍가게와는 달리 평소 볼 수 없는 신기한 물건들이 많았다. 어느 순간부터 나는 엄마와 함께 장을 보러 가는 시간을 손꼽아 기다리기 시작했다. 왜냐하면 엄마와 같이 장을 보러 걸어가는 동안 나는 학교에서 있었던 일들을 엄마에게 이야기할 수 있었고, 그렇게 엄마와 많은 대화를 나눌 수 있는 시간이 좋았다. 장을 보고 돌아오는 길에는 제법 무거운 장바구니를 엄마와 나눠 들곤 했는데 맏이로서 엄마를 도울 수 있다는 생각에 마음이 뿌듯했다.

한집에서 살고 매일 얼굴을 보는 가족이지만 그 가족 구성원 중 어느 누구와 밖에서 따로 만나 시간을 보내는 것은 완전히 다른 느낌을 준다. 특히 나이가 어린 아이의 경우, 엄마나 아빠 한 사람과 따로 밖에서 만나 무언가를 같이하면서 아이의 말을 관심 있게 잘 들어주는 것은 아이에게 아주 특별하고 소중한 추억으로 남는다.

지금은 누가 나에게 쇼핑하러 같이 가자고 하면 손사래를 치며 도망가겠지만 어렸을 때 엄마와 슈퍼마켓을 돌며 물건들을 구경하는 일은 상당히 재미있었다. 그 당시 내 눈에 슈퍼마켓은 진기한 물건들로 가득한 화려하고도 신비로운 공간이었다. 그런 좋은 물건들을 보는 동안에는 현실의 가난함을 잠시나마 잊을 수 있었던 것 같다. 가끔 외국 영화에서나 봤던 신기한 먹거리를 발견하고 좋아할 때면, 엄마는 다른 것들보다 가격이 좀 더 비쌌지만 기꺼이 사주시곤 했다.

한번은 잉글리시 머핀을 보고 어떻게 먹는 건지도 모르고 무조건 샀다. 빵이니까 당연히 소보로빵처럼 달콤하고 맛있을 거라 생각했는데 한 입 베어 문 그 차가운 빵은 텁텁하고 맛이 없었다. 잉글리시 머핀은 토스트를 해서 버터나 잼을 발라 먹어야 맛있다는 것을 안

것은 몇 년이 지난 후였다. 또 한번은 레몬을 사서 집으로 가지고 와 귤처럼 까먹으려다가 잘 까지지도 않고 맛도 너무 시어서 그냥 버렸던 기억도 있다. 하지만 성공한 경우도 있는데 팝콘을 만들어 먹을 수 있다는 옥수수 재료를 사다가 프라이팬에 기름을 둘러 팡팡 튀겨진 팝콘을 동생과 함께 정신없이 먹었을 때다. 참 맛있고 행복했다.

초등학교를 마치고 중학교에 진학할 무렵 부모님은 단칸방 생활을 정리하고 방 두 칸짜리 월세로 집을 옮겼다. 자연스레 엄마와 같이 장을 보러 가는 시간도 사라졌지만, 다행히 엄마는 아버지나 자식들을 위하는 시간이 아닌, 엄마만의 삶을 수영과 같은 운동을 통해 찾으셨다. 결혼 전 해군을 나온 아버지 수영 실력에 반하셨다는 엄마는 막상 몇 년 당신이 수영을 배우고 나서 보니 아버지 수영 실력이 동네 도랑에서 막 배운 기본기 없는 수영이었다며 같이 배꼽을 잡고 웃었던 기억이 있다.

내가 미국에서 교수로 일할 때 한국에서 들어온 원고 청탁을 거칠고 부족한 솜씨임에도 응한 이유는 글쓰기가 승려로서의 삶을 깊이 관조하고 나를 탁마하는 데 도움이 될 거라는 생각도 있었지만 한편으론 어머니 생각 때문이었다. 오랜 기간 외국에 나가 생활하며 자주 소식을 전하지 못한 죄송함과, 덜컥 승려가 되어 더욱 먼 길을 떠나버린 아들로서의 죄송함 때문이었다. 어머니는 승려가 되어 다른 나라에서 살고 있는 아들의 글이 신문이나 잡지의 작은 지면에 실리는 것을 먼 곳에서 부친 편지 기다리듯 기다리셨다.

내가 어느덧, 아이 둘 데리고 아는 이 하나 없는 서울로 처음 올라왔을 때의 부모님 나이가 되었다. 일요일 법회가 끝나고 사찰의 마당에서 뛰어놀고 있는 초등학생 아이들을 보니 엄마와 장 보러 같이 걸었던 행복했던 시간이 문득 떠오른다. 이런 소소하지만 행복한 기억은 살면서 힘들 때마다 꺼내어 볼 수 있는 우리 영혼의 따뜻한 등불이 되는 것 같다. 우리는 늘 행복할 수는 없지만 순간순간 행복했던 기억의 힘으로 살아간다.

엄마라는 직업은

출퇴근이라는 것이 없는

세상에서 가장 힘들면서도 잘 알아주지 않는 일.

하지만 나를 성숙시키면서도 큰 보람이 있는 존귀한 일.

세상에는 한 명의 가장 예쁜 아이가 존재하고

세상 모든 엄마들은 지금 그 아이를 키우고 있다.

— 중국 속담

아이의 미소는

어른들의 복잡한 생각들을 멈추고

치유하는 힘이 있어요.

힘든 처지라도 부모가 당당하고 유머가 있으면
아이는 자존감 높고 행복한 아이로 자랄 수 있어요.
반대로 아무리 잘난 부모라 해도
아이의 어떤 부분을 부끄러워하면 아이는 다 잘해도
어른이 되어서 심리적인 문제로 힘들어합니다.

아이에겐 사랑이 가득한 작은 집이
사람 냄새가 느껴지지 않는 큰 궁전보다 훨씬 좋습니다.

성격이 강한 부모가 아이에게 묻지도 않고 마음대로 결정해서
이거 해라 저거 해라 강요하면
아이는 그런 부모를 사랑하면서도 미워하게 됩니다.
부모의 보호가 달콤하면서도 속박으로 느껴져
툭하면 왕 짜증내지요.

☾

아이는 부모님 때문에 힘들어 반항하는데,
그런 아이를 억지로 데리고 와 저를 만나게 하면
상황만 더 안 좋아져요. 지금 변해야 하는 것은
아이가 아니고 부모인데 부모는 변할 생각이 없고
애만 제발 좀 바꿔달라고 하네요.

☾

우리가 다른 사람들의 일에 지나치게 간섭하는 것은
어쩌면 자신의 삶을 충실히 살고 있지 않기 때문일지 모른다.
자신의 삶을 사는 것은 용기가 필요하지만
남 인생 간섭하는 것은 입만 있으면 된다.

☾

그 사람을 위한다면서 마음대로 결정해서 해주는 일들,
대단히 폭력적이라는 사실 아세요?
삶의 주도권을 마음대로 빼앗아가지 마세요.
그 사람 더 이상 애가 아니에요.

내 의도는 순수하고 좋았지만
상대에게 도움은커녕 해를 주는 경우가 있습니다.
이것은 나에게 좋았으니까 상대에게도 좋을 것이라는
착각에서 비롯합니다.
그러니 무언가를 해주기 전에 꼭 물어보세요.
이걸 원하는지.
원하지 않는 것을 주는 것은 그에겐 백해무익입니다.

사랑한다고 말만 하지 말고 상대가 원하는 것을 해주세요.
그러면 상대는 당신의 행동을 통해 사랑을 느낍니다.
말만 하고 행동의 변화가 없으면 그건
상대는 안 보고 자기감정에만 빠져 있는 거예요.

사람이 갈수록 사나워지는 건
사랑과 관심을 받지 못해서 그래요.
가까운 사람이 나날이 사나워진다면
사랑과 관심이 부족한 것은 아닌지 살펴주세요.

나보다 다른 형제를 더 사랑한 엄마,
지금 와서 사랑과 관심을 더 달라고 해도
변명만 하시지 변하지 않아요.
엄마를 변화시키려 하지 말고 나를 변화시켜야 해요.

이 세상엔 공짜가 없습니다.
아무리 부모 자식 사이도 돈을 주고받으면
그 안에는 무언의 기대와 간섭이 딸려옵니다.
간섭받기 싫으면 받지 마세요.

연로하신 부모님을 간호할 때 기억해주세요.
우리도 어렸을 땐 무리한 요구를 자주 하고
이미 했던 질문을 하고 또 하고 했던 것을요.
부모님도 본인 삶을 살고 싶으셨을 텐데
나 때문에 희생하셨던 시간이 있어요.
부모님은 이미 우리를 위해 하셨는데
우리는 지금 어떤가요?

시부모님이나 장인 장모님을 너무 모질게 대하지 마세요.
우리 아이들이 보고 있어요. 지금 내가 하는 대로
내가 나이 들고 힘없을 때 내 아이들이 똑같이 대해줄 것입니다.

☾

사람들아, 그 벌레 함부로 죽이지 마라.

그 벌레에게도 자식들이 있을 수 있으니.

— 직지사 팻말

☾

외모에만 이끌려 결혼하게 되면

나중에 큰 문제가 생길 수 있어요.

핸드폰 기계가 아무리 좋아도

일단 핸드폰을 구입하고 나면 기계 잘 안 봐요.

기계를 통해 나오는 콘텐츠만 봐요.

☾

아내가 다른 사람과 다툼하고 있을 때 남편이 아내 편을 들지 않고 다른 사람 다 들리게 아내 탓을 하면 아내는 정말로 외롭고 서운합니다. 반대로 남편 지인들 앞에서 남편을 깎아내리는 말을 하는 아내, 마음이 조금씩 멀어집니다. 외모가 멋있는 사람보다 때와 장소에 맞게 말을 잘하는 사람이 오랫동안 사랑받습니다.

사람의 말투는 안타깝게도

셀카처럼 포토샵이 안 돼요.

한번 내뱉으면 예쁘게 바꿀 수가 없어요.

너를 일부러 서운하게 하려고 그랬던 것이 아니고

그 사람도 너무 바쁘고 잘 몰라서 그랬을 거야.

모든 것을 어떤 의도를 갖고 너한테 했다고 해석하지는 마.

☾

나에게 스트레스를 주는 사람을

내 가슴 정가운데에 놓고 괴로워하지 말고,

그 사람을 내 마음의 변방에 놓고 다른 즐거운 일에 몰두하세요.

그 사람을 자꾸 생각할수록 결국엔 나만 손해예요.

차라리 그 시간에 내가 좋아하는 일을 하면서

그 사람, 잊어버려요.

☾

누구를 미워하는 것은

내 마음속에 그 사람의 모습을 잊지 못하도록 새기는 일.

그래서 다음 생에 또 만나는 인연을 만드는 일.

다른 사람을 용서하는 것은 그래도 쉬워요.

나 자신을 용서하는 일이 참으로 어려워요.

특히 어렸을 때 받은 상처로 아직도 분노하는 내 안의 어린아이를

돌보지 않고 방치한 나 자신을 용서하고 치유하는 일,

과거 기억을 마음에서 놓아주는 일이 참 힘들어요.

자세히 관심을 가지고 보면

이 세상 어떤 대상이든 놀랍지 않은 것이 없습니다.

오랫동안 알았다고 해서

시시각각으로 변하는 대상을

내가 다 아는 것은 아니지요.

잘 모른다는 마음으로 가족을 바라보세요.

전에는 몰랐던 많은 부분들이 보이기 시작할 것입니다.

마음이 고요해질 때

나에 대해서도 세상에 대해서도

보이지 않던 것들이 보입니다.

나의 질투 나의 아픔

어릴 적, 나는 명절 때 큰아버지 댁에만 다녀오면 한동안 우울하게 지냈다. 큰아버지 댁은 서울에서도 가장 학군이 좋다고 유명한 동네에 있는 방이 다섯 개, 화장실이 두 개 딸린 아파트였기 때문이다. 그 당시 우리 식구는 햇빛도 잘 들어오지 않는 사글세 단칸방에서 사는 신세이다 보니 그 격차는 실로 엄청나서 어린 나에게 큰아버지 댁은 문명이 다른 세상처럼 느껴졌다. 일단 냄새부터가 달랐다. 아파트 현관문을 열고 들어가면 우리 집과는 다른 오묘하고도 포근한 향기가 났다. 게다가 문을 열자마자 보이는 신발장 옆에는 내가 평소에 가지고 놀고 싶었던 농구공, 배구공, 자전거 같은 것들로 가득했고, 거실에 들어서면 텔레비전에서나 보던 크고 편안한 소파와 유명 작가의 판화 작품이 자리하고 있었다. 가장 부러웠던 것은 내가 그렇게나 배우고 싶었지만 학원 갈 형편이 안 돼 제대로 배울 수 없었던 피아노가 놓인 방이었다. 이렇게 아름답고 넓은 공간을 아버지 바로 위의 형과 그의 가족이 누리고 있다는 사실이 나에게는 항상 잡힐 듯 잡히지 않는 신기루처럼 느껴졌다. 방 안으로 들어오는 햇빛조차도 부족했던 시절의 나에겐 말이다.

큰아버지네는 사촌형과 사촌동생이 있었는데 몇 년간 외국 생활을 하고 와서 그런지 그들과 나 사이에는 큰 강이 놓인 듯했다. 사촌형은 그 강 건너편에 서 있을 뿐 나와 내 동생에게 손을 내밀어 이리 와서 함께하자는 제스처를 잘 하지 않았기 때문에 큰집에 가서도 나는 항상 내 동생하고만 놀다가 오곤 했다. 혹자는 내가 먼저 사촌형에게 살갑게 다가갈 수는 없었느냐고 묻겠지만 사실 없는 자가 있는 자에게 먼저 손을 내밀기란 결코 쉬운 일이 아니다. 게다가 그땐 어렸고, 만나는 장소가 내 집도 아닌 큰집이었으니 주변인으로 맴돌다 알 수 없는 상실감만 안은 채 돌아오기 일쑤였다.

어른이 된 지금은 그렇게 없이 살았던 콤플렉스에서 어느 정도 자유로워져 편하게 이야기할 수 있지만 어린 시절 나에게 큰집이란 나를 한없이 초라하게 만드는 존재, 거대하고도 넘기 불가능한 존재,

부모님을 한참 동안 원망하게 만드는 존재였다. 공부를 곧잘 하는 편이었음에도 명절 때마다 내 학교 성적은 전교 1, 2등을 하는 사촌 형에게 밀렸고, 그렇게 자존심 상하는 순간들이 반복되어 깊은 열등감에 시달려야 했다. 열악한 가정환경 속에서 나 혼자 아무리 열심히 분투한다 해도 사촌들의 그 산은 영원히 넘지 못할 것만 같았다.

지금도 잊히지 않는 일이 있다. 눈을 감으면 생생히 생각나는 어린 시절의 한 장면쯤은 누구에게나 있는 법이다. 초등학교 5학년 때, 할머니 생신을 축하하기 위해 온 가족이 모였다. 가기 싫다는 내 손을 억지로 끌고 부모님은 나와 내 동생을 데리고 큰집으로 갔다. 인사를 하는 둥 마는 둥 하는 나를 고모들은 사촌들과 함께 놀라며 방으로 밀어넣었다. 나는 정말 오랜만에 사촌동생과 말을 섞게 되었다. 사촌동생은 최근에 부모님께서 미국에서 사다 주셨다는 장난감 하나를 보여주었다. 사진기처럼 보이는 것이었는데, 컬러로 된 둥근 필름을 끼고 뷰파인더 안을 들여다보면 미국의 여러 국립공원 모습이 담긴 사진이 눈앞에 펼쳐졌다. 사촌은 그 장난감을 가지고 놀아도 된다고 허락해주었고 나는 한참 동안 내 동생에게 보여주고 설명해주며 가지고 놀았다.

그런데 한참을 보면서 놀다 보니 그 둥근 필름이 잘 돌아가지 않았다. 이리저리 만져보며 조정하는데 아뿔사, 이를 어쩐다. 그만 필름이 구겨지고 찢어진 것이다. 이 사태를 어떻게 수습할지 한참 고민하던 난 조용히 혼자 아파트 밖으로 나가 그 필름을 버렸다. 그러고는 필름이 없어진 걸 모르는 척했다.

사촌동생은 당연히 그 필름이 어디 갔는지 나에게 물었다. 계속 물어도 내가 모른다고만 하니 큰어머니께 일렀고, 큰어머니는 내가 진짜 모르는 일인지 나와 내 동생에게 물어보셨다. 그런데 참 이상하게도, 큰어머니에게 그 질문을 받는 순간 내 안에서 나도 모르는 감정이 울컥 올라왔다. 말로 표현하기 어려운 서러움, 분노, 미움, 시기, 짜증, 억울함이 뒤섞인 정말로 복잡 미묘한 감정이었다. 한참 동안 감정에 북받쳐 엉엉 울며 다시는 큰집에 가지 않겠노라고 스스로에게 맹세했지만 다음 해에 또다시 부모님 손에 이끌려 따라갈 수밖에 없었다.

어른이 되어 생각해보니 아마 그때 나는 내게 없는 부분을 사촌들이 가지고 있다는 사실에 큰 질투심을 느끼고 있었던 것 같다. 누구에게나 있을 법한 어린 시절의 일화일 수도 있지만 그때를 생각하면 사실 지금도 가슴이 저려 아파온다. 그 복잡했던 감정들을 '질투'라는 한 단어에 욱여넣을 수 있을지는 모르겠지만 사람을 참 아프고 처참하게 만드는 감정임에는 틀림없다.

질투라는 감정에 대해 곰곰이 생각해보니, 질투는 나와 멀리 떨어져 있거나 나와 엄청 다른 사람이 아닌 대체로 나와 연관된 사람을 통해 일어난다. 예를 들어 우리는 입사 동기의 승진을 질투하지 나와 인연 없는 빌 게이츠를 질투하지 않는다. 또한 물질적인 것이든 정신적인 것이든 나에게 없는 어떤 부분을 내가 아는 그 사람이 가지고 있을 때 질투가 일어난다. 그 감정의 농도가 옅으면 단순한 부러움으로 그치지만, 진해질 경우 질투는 분노로, 강한 미움으로, 심지어 폭력으로도 전이된다.

그런데 이런 감정은 상대의 전체가 아닌 일부분만을 봤기 때문에 일어나는 것일 수 있다. 그 사람이 가진 재산이든 능력이든 외모든, 내가 없는 그 일부분만을 바라보면 질투가 일어나지만, 반대로 그 사람에겐 그것을 지켜내기 위해 받는 남모르는 스트레스나 괴로움이 있을 수 있다. 즉 내가 없는 그 부분만을 바라보면 나보다 더 행복하고 더 잘난 존재인 것 같지만, 실제로 그 사람의 전체를 바라보면 나와는 다른 양상의 고뇌와 불안이 있지 내가 상상한 것처럼 마냥 행복한 존재는 아니라는 것이다.

질투라는 감정을 잘 활용하면 내 능력을 끊임없이 발전시키고 노력하게 만드는 원동력이 될 수도 있다. '하늘은 어떤 사람을 큰 능력의 소유자로 만들고 싶으면 그 사람보다 잘나 보이는 라이벌을 그에게 보낸다'는 말이 있다. 질투의 에너지를 분노나 미움의 감정 안에 가둬두지 않고 나 스스로를 발전시키는 방향으로 활용하면 훗날 질투심을 유발했던 그 사람이 나의 가장 큰 은인이었음을 깨닫게 될 것이다.

부끄러운 고백이지만 지금 생각해보면 미국 아이비리그에 가기 위해 내가 그렇게 노력한 것도 어린 시절 사촌들과의 경쟁심에서 비롯한 것 같다. 내 공부를 위해 갔다고 생각했지만, 내 어린 마음은 그렇게라도 보란듯이 뭔가를 세상에 보여주고 싶었던 것이다. 아마도 그 질투의 힘이 없었더라면 그 당시 그렇게 나를 몰아세우며 공부하지 못했을 테다. 이제라도 사촌들에게 고맙고 미안하다고 말하고 싶다. 그리고 그 어리고 가난한 과거의 나를 한번쯤 안아주고 싶다.

3 장

삶을
감상하는 법

나만의 소확행 小確幸

"욜로YOLO가 가고 소확행小確幸이 왔어요."

젊은 분들에게 요즘 어떤 것에 관심이 있느냐 물으니 이런 대답이 돌아왔다. '한 번뿐인 인생, 지금을 즐기자'라는 욜로 트렌드가 과도한 소비로 연결되니 결국에는 생활이 어렵게 되어 이제는 소확행으로 전환되었단다. 소확행은 '작지만 확실한 행복'이란 뜻으로 무라카미 하루키의 '랑겔한스섬의 오후'라는 글에서 처음 등장한다.

하루키는 "막 구운 따끈한 빵을 손으로 뜯어 먹는 것, 오후의 햇빛이 나뭇잎 그림자를 그리는 걸 바라보며 브람스의 실내악을 듣는 것, 서랍 안에 반듯하게 접어 넣은 속옷이 잔뜩 쌓여 있는 것" 등으로 소확행을 구체적으로 묘사했다. 기존에는 행복을 먼 미래에나 도달할 수 있는, 큰 목표의 성취 이후로 생각하는 경우가 많았다. 하지만 소확행은 지금 현재 삶 속에서 어렵지 않게 찾을 수 있는 작고도 확실한 행복에 집중하는 것이다.

나는 이러한 소확행을 추구하는 시대의 도래가 반갑다. 무엇보다도 과거 산업화 시대를 산 기성세대가 가지고 있던 획일화된 행복의 틀에서 벗어나 다양하면서도 개별적인 행복의 기준을 세운다는 점에 큰 의미가 있다. 이전에는 무엇이 행복인지 개인이 정했다기보다는 사회가 이러이러한 것을 욕망하라고 결정하고 주입했다는 생각이 든다. 열심히 공부해서 원하는 대학에 들어가고 월급 많이 주는 큰 회사에 취직한 후 결혼해서 아이들 가르치며 아파트 평수를 넓혀갈수록 행복이 온다고 말이다. 하지만 소확행은 행복의 기준을 사회가 아닌 개개인이 정하라고 권한다. 그래서 정형화된 틀에서 벗어난 행복들이 무한하게 생겨날 수 있다.

소확행을 찾는 요즘 세대는 그렇게 아등바등 살지 않아도, 죽기살기로 노력하지 않아도 되는, 어찌 보면 지금 주어진 자기 삶을 제대로 감상할 줄 아는 태도에 달려 있다고 여기는 듯하다. 최근에 읽은 책 《조그맣게 살 거야》에서 "바람의 향기와 공기의 온도, 나뭇잎의 색깔, 시시때때로 미묘하게 변하는 길거리의 풍경을 온몸으로 느끼고 싶다. 천천히 걷고 느리게 생각하다 보면, 말수는 줄어들지만 웃을 일은 더 많아진다"라는 문장을 만났다. 행복은 집이나 자동차 같이 비싸고 갖기 어려운 대상들을 소유하고 나서 느끼는 감정이 아닌, 지금 현재 시간을 내가 어떻게 온전히 쓰는지, 자연의 변화를 감상할 수 있는 마음의 여유를 스스로에게 부여했는지에 달려 있다.

물론 꿈꾸던 대학이나 직장에 들어가는 것, 결혼을 하고 내 집을 마련하는 것 또한 중요한 행복이다. 살면서 그 목표들을 이루었을 때 오는 성취감과 만족은 매우 클 것이다. 다만 그것만이 행복이라면 인생 대부분의 시간이 행복을 위해 달리는 시간, 애쓰는 시간으로 소비되고 만다. 또한 목표가 이루어졌다 해도 또 다른 목표가 기다리고 있기에 항상 부족하고 항상 바쁘다. 설상가상 그 목표가 이루어지지 않았을 때는 그동안의 노력이 무의미해지고 인생을 낭비한 것이 되고 만다. 하지만 소확행은 장기간의 노력 끝에 큰 행복을 강하게 한 번 느끼는 것이 아닌, 살랑살랑 불어오는 봄바람처럼 일상적으로 자주 느낄 수 있는 것이니, 이 얼마나 좋고 감사한가.

나의 소확행은 무엇일까? 가만히 생각해보니 어렵지 않게 몇 가지가 떠올랐다. 우선 차를 마시며 좋아하는 라디오 음악 프로그램을 듣는 시간이 큰 휴식이자 행복이다. 특히 전기현 씨가 진행하는 '세상의 모든 음악'이나 강민석 씨가 '울림' 라디오 앱을 통해 전하는

'소울 케이크'를 즐겨 듣는다. 진행자의 친절한 소개와 함께 좋은 새로운 음악을 만나게 되면 우연히 길에서 보물을 주운 듯 엄청난 마음 부자가 된다.

더불어 나만의 케렌시아, 쉼의 공간인 삼청공원을 걸을 때도 참 행복하다. 내 처소와 가까운 이 공원 안에는 다섯 그루 나무 아래에 물소리를 들으며 쉴 수 있는 작은 벤치가 하나 있다. 그곳에 잠시 앉아 햇빛에 반짝이는 나뭇잎을 바라보며 새소리를 듣고 있노라면 마음은 지극한 평화에 가닿는다. 특히 마음이 복잡할 때 자연 풍광을 보면서 걷거나 벤치에 앉아 잠시 명상을 하면 피아노가 조율이 되듯 내 마음이 리셋되는 느낌을 받는다.

서점에서 새로운 책 몇 권을 골라 여유롭게 펼쳐보는 시간도 내겐 큰 행복이다. 책은 내가 몰랐던 새로운 세상으로 여행을 떠나게 해준다. 간접경험이지만 견문도 넓어지고 생각도 깊어져 우연히 좋은 책을 만나면 가슴이 설렌다. 또한 한 달에 한 번씩 친구들을 만나는 시간도 나에게는 중요한 소확행이다. 나를 승려나 책을 내는 작가로 바라보는 것이 아닌 한 인간으로 봐주는 친구들과의 따뜻한 만남은 삶이 던지는 예기치 못한 커브볼을 맞고도 담담히 버티게 해주는 큰 힘이 된다. 괴테가 그랬던가. 신선한 공기와 빛나는 태양, 맑은 물, 친구들의 사랑만 있다면 삶을 낙담할 이유가 없다고 말이다. 나이가 들수록 괴테의 말이 마음에 와닿는다.

길을 걷다가 콧가를 스치는 라일락 향기,

미세먼지 없이 선명히 보이는 남산 모습,

라디오에서 나오는 처음 듣는 좋은 음악,

앉아서 책을 볼 수 있게 해준 서점 의자,

생각하고 있던 친구에게 온 안부 문자,

하루 일정이 일찍 끝나 모처럼 생긴 여유.

여러분은 언제 소소한 행복을 느끼세요?

☾

행복을 소유의 개념이 아닌 감상의 개념으로 본다면
소유할 수 없는 자연의 아름다움, 친구와의 우정,
내 아이의 웃음소리, 음악이 선물하는 평온함,
내가 응원하는 스포츠팀 우승이 다 행복으로 다가옵니다.

아무리 돈 많은 부자라 하더라도
그들의 행복 역시 우리가 말하는 소확행과 크게 다르지 않아요.
삶을 감상할 줄 아는 태도를 갖추었는지 아닌지가 중요한 것 같아요.

☾

마음에 여유가 있으면
거리에 지나가는 사람들이 다 좋고 사랑스러워 보입니다.
반대로 여유가 없으면 박보검, 공유, 이효리가 앞에 있어도
그저 내 길을 막는 장애물인 줄로만 알고 못 알아보고 지나칩니다.

우리가 어떤 대상에 마음을 두는지에 따라
마음 상태가 결정됩니다.
아름다운 봄꽃에 마음을 두면 마음이 밝고 아름다워지지만
부정적인 대상에 자꾸 마음을 두면 마음이 어둡게 변해요.
그러니 내 마음을 두는 대상을 신중하게 잘 고르세요.

벚꽃이 활짝 핀 길을 '가로수 그늘 아래 서면'
이문세 노래를 들으며 천천히 걸었다.
마치 내가 영화 장면 속에 들어와 있는 것만 같았다.
꽃과 음악의 조화가 너무도 환상적이었다.

우리는 삶을 두 가지 방식으로 살아갈 수 있습니다.
하나는 행위doing 중심의 삶,
다른 하나는 존재being 중심의 삶입니다.
행위 중심의 삶은 큰 무언가를 이루어냈을 때야 비로소
내 삶의 가치가 생긴다고 보는 반면,
존재 중심의 삶은 내 존재 자체가 이미 성스럽고 지혜롭고
우주와 연결된 사랑 속에 있다고 봅니다.

행위 중심의 삶은 행복을 먼 미래에서 찾으려 하지만
존재 중심의 삶은 존재 자체가 주는 느낌에서 찾습니다.
연결감에서 오는 행복이나 치유, 평화, 사랑도
행위 중심이 아닌 존재 중심으로 살 때 일어납니다.

☾

숨이 들어오고 나갈 때 몸이 어떤 느낌인지 살펴보세요.
숨이 깊어질수록 몸 안의 모든 긴장은 사라지고
나도 모르게 편안함과 상쾌함, 깨어 있음, 열림을 경험하게 됩니다.
숨을 깊이 느끼는 시간이 많아질수록
어떤 상황이 와도 중심을 잃지 않고 평정심을 유지할 수 있습니다.

☾

너무도 원하면, 그 원하는 마음 에너지 때문에
부자연스럽고 긴장하고 정체될 수 있어요.
결과를 하늘에 맡기고 편안하게 숨 한 번 크게 쉬고 웃어봐요.

☾

승려 세계에서 다른 승려에게 할 수 있는 찬사 중 하나:
"저 스님, 한 생각 크게 쉬었어!"
붙잡지 않고 쉬는 것, 내려놓는 것이 가장 어렵다.

☾

생각은 내 의지와 상관없이 일어나기도 하지만
내가 일부러 긍정적인 생각을 할 수도 있습니다.
'청명한 오늘 날씨에 감사합니다.
내 몸이 아프지 않음에 감사합니다.
일을 할 수 있는 직장이 있음에 감사합니다.
커피를 마실 수 있는 여유가 있음에 감사합니다.
좋은 음악을 듣고 책을 읽을 수 있음에 감사합니다.'

☾

감사하는 마음을 가만히 들여다보면
그 안에는 밝으면서도 평온한 기운이 담겨 있어요.
밝고 평온한 마음을 가만히 들여다보면
생각은 없이 고요하지만 깨어 있음이 담겨 있어요.
그래서 감사함을 자주 느끼는 사람이 명상도 잘해요.

욕심을 내려놓으면 무리를 하지 않고
무리를 하지 않으면 건강을 해치지 않고
건강이 돌아오면 마음이 밝아지고
마음이 밝아지면 작은 것에서 행복을 느낀다.

부와 물질을 내 인생의 최종 목표로 삼으면
잘못하면 가진 것은 많은데
아주 외로운 삶을 살 수 있습니다.
왜냐하면 쌓은 부를 잘 순환시키지 않으면
가까운 관계에 심각한 문제가 생기거나
내 몸에 병이 생기거나
남을 믿지 못해 곁에 사람 하나 없이
생을 마감할 수 있기 때문입니다.
나누면서 순환시키며 건강하게 살아요.

☾

행복의 척도는 얼마나 성공했는가보다는
밤에 숙면을 충분히 취하는가에 있다.
성공하고도 밤에 잠 못 자는 불행한 분들이
세상에는 놀랍게도 많다.

☾

숙면을 취하는 데 도움이 되는 법을 정리해보았습니다.

1. 머릿속 걱정들을 정리해보기
걱정이 많아서 잠을 못 주무신다면 15분 동안만 집중해서
모든 걱정을 종이에 한번 적어보세요.
머릿속이 정리가 되면서 마음이 편해져요.

2. 감사한 일 세 가지 찾아보기
하루의 끝을 긍정적인 생각으로 마감하면
기분도 좋아지고 따뜻한 마음으로 잠들 수 있습니다.

3. 책을 읽거나 잔잔한 음악 듣기

블루라이트가 나오는 핸드폰이나 텔레비전은
숙면 호르몬 멜라토닌을 억제한다고 합니다.

4. 형광등보단 은은한 조명 켜기

잠자기 두 시간 전부터 조도를 낮춰놓으면
몸이 잠을 잘 준비를 합니다.

5. 술 안 마시기

술을 마시면 자다가 새벽에 깨서
다시 깊은 잠에 들기 어렵게 만듭니다.

6. 샤워는 따뜻하게, 잠들기 90분 전에 하기

따뜻하게 이완된 몸이 식으면서
잠에 쉽게 들게 합니다.

7. 방 온도는 약간 차갑게 하기

공기가 더우면 숙면을 방해합니다.

☾

하루에 여섯 시간 자는 것과 일곱 시간 자는 것에는
몸에 큰 차이가 있습니다.
한 시간을 적게 자면 과식할 확률이 높아지고
우울감을 더 쉽게 느끼며 집중력이 떨어져
인간관계를 잘 못할 수 있다고 해요.
그러니 내일을 위해 일찍 잠자리에 들어요.

수면이 부족하신 분은 쉬는 날에
몰아서 자는 것도 도움이 된다고 합니다.
수면 시간이 부족하신 분, 쉬는 날이라도 충분히 주무세요.

☾

아무리 좋은 환경에 있어도
자꾸 다른 것을 더 원하면 별로 행복하지 않습니다.
왜냐하면 행복은 받아들임을 통해
마음이 소란스럽지 않고 평화로울 때 느끼기 때문입니다.

큰 성공은 그만큼 깊은 고난의 그림자를 드리웁니다.
많은 것을 가진 사람일수록 그것들을 지키기 위해
엄청난 마음고생을 하는 것을 보기도 합니다.
각자가 감내할 수 있을 만큼의 목표를 세우세요.
넘치는 욕심은 설령 이루어진다 하더라도
본인의 건강도 해치고, 가까운 관계도 멀어지게 만들고
자기 시간도 없어져요.

많은 사람은 기분 좋게 흥분된 상태를
행복이라고 여깁니다.
하지만 흥분된 상태 안에는 평화로움이 없습니다.
진정한 행복은 평화로움에 기반합니다.
— 틱낫한 스님

세상을 사랑할 수는 있어도 소유할 수는 없습니다.
우주의 시간으로 보면 집이나 차, 옷 같은 것도
아주 잠깐 빌려 쓰는 것이지 소유하고 있지 않습니다.
세상을 그저 사랑하고 감사해하며 잠시지만 누리세요.

내가 지금 가지지 못한 것에 집중하면
인생은 결핍이 되지만
내가 이미 가지고 있는 것에 집중하면
인생은 감사함이 됩니다.

세상은 우리의 필요를 위해선 풍요로운 곳이지만

탐욕을 위해선 궁핍한 곳입니다.

— 마하트마 간디

미황사에서 아침을

여러분은 혹시 자신만의 안식처가 있나요? 삶이 지치고 힘들 때, 그래서 본연의 자기 모습을 잃어버린 것 같은 느낌을 받을 때 혼자 조용히 찾아가 숨을 고르며 치유의 시간을 보낼 수 있는 장소 말입니다. 스페인어로는 이렇게 다시 기운을 되찾는 곳을 '케렌시아 Querencia'라고 한다고 합니다. 투우사와 싸우다 지친 소가 투우장 한쪽에서 잠시 휴식을 취하며 회복하는 장소라는 뜻입니다. 우리 사람에게도 인생이라는 전투에서 상처받고 눈물 날 때 쉴 수 있는 나만의 성소聖所가 필요하지 않을까 하는 생각을 합니다.

저에게는 그런 곳이 언제부터인가 땅끝마을의 아름다운 절, 미황사가 된 것 같습니다. 며칠 전에는 도심 어느 곳에서나 부는 강한 에어컨 바람 탓인지 갑자기 몸이 오들오들 떨리기 시작하더니 기운도 없고 입맛도 사라졌습니다. 마침 광주에서 강연을 마치고 다음 일정을 확인해보니 감사하게도 며칠간의 휴식 시간이 생겨 저만의 케렌시아, 미황사로 향했습니다. 해남 땅끝마을에 있는 미황사에 가려면 다들 큰마음을 먹고 가게 됩니다. 하지만 가는 수고로움이 많은 만큼 얻어가는 것이 많은 곳이지요.

일단 미황사는 너무나도 아름답습니다. 미황사를 병풍처럼 둘러싸고 있는 달마산은 금강산처럼 뾰족뾰족 솟아 있는 기암들의 웅장함에 처음 보는 사람들을 모두 "우와~" 탄성을 지르게 만들지요. 단청이 다 벗겨져서 어쩌면 더 단아하고 자연스러운 대웅보전은 보기만 해도 마음이 편안해집니다. 그 안에 계신 부처님도 크기나 모습이 위압적이지 않고 우리 조상 어르신의 모습처럼 친근합니다. 대웅보전 주변으로는 여름에도 꽃이 만발해 있고 샛길을 걷다 보면 나한님들이 계시는 응진전이나 산신각에 들어가 참배할 수 있습니다.

사람은 아름다움을 만나면 복잡하던 마음이 저절로 쉬면서 선하게 변합니다. 미황사에서 보는 찬란한 저녁노을은 바라만 보고 있어도 시끄러웠던 마음이 조용해지며 낙조의 아름다움으로 물들게 됩니다. 바다의 수평선과 듬성듬성 떨어진 남해의 섬들 사이로 사라지는 태양을 절 마루에 앉아 친한 지인과 함께 보는 느낌을 한번 상상해보세요. 또한 새벽 예불을 마치고 법당에서 나왔을 때 달마산 위로 피어오르는 안개구름과 파란 하늘 처마 위에 걸려 있는 달님을 보고 있으면 마음이 거칠었던 사람도 저절로 부드럽고 선해질 것입니다.

미황사가 또 좋은 이유는 그곳에서 만나는 사람들이 좋기 때문입니다. 응진전에 계셨던 나한님 한 분이 미황사를 살리기 위해 몸을 받아 환생한 것만 같은 주지 금강 스님은 쉰이 넘으셨지만 여전히 동자승 같습니다. 손님들이 다 멀리서 오신다고 한 분 한 분 정성을 다해 대접해주시는데 어떻게 감동받지 않을 수 있을까요? 차와 과일을 내어주지, 이야기도 들어주지, 좋은 글도 써서 나누어주지, 이처럼 잘 주기 때문에 본인이 '주지' 스님이라고 농담도 잘하십니다. 닮은 사람들만 모이는지 종무소에서 일하시는 분들도 참 맑습니다.

제가 쉬어갔던 동안에는 유럽에서 템플스테이를 하러 온 여행자 네 사람이 머물고 있었습니다. 서울 시내 백화점으로 쇼핑하러 온 관광객이 아닌 한국의 전통 문화를 체험하고 싶어 땅끝마을 절까지 찾아온 손님입니다. 그래서 그런지 대화도 잘 통하고 재미있고 깊이가 있습니다. 울릉도, 경주, 목포도 이미 다녀왔다는 그들에게서 노련한 여행자의 포스도 느껴집니다. 그들에게 절 음식이 입에 맞는지 물어보니 아주 맛있다고 합니다. 하기야 직접 재배한 신선한 채소와 근처 바닷가에서 구한 함초, 미역으로 요리한 음식이니 맛도 맛이지만 먹고 있으면 건강해지는 느낌도 함께 받습니다.

주지 스님 방에 가보니 최근에 쓰신 서화에 "나를 보호해주는 크고 부드러운 손이 있다"는 멋진 글을 볼 수 있었습니다. 우리가 많이 힘들면 세상에 홀로 던져진 것처럼 외롭고 다 무의미하다고 느낄 수도 있지만 사실은 그렇지 않습니다. 세상은 우리 눈으로 보는 것들이 다가 아닙니다. 밖으로 모습을 드러내지는 않지만, 모양이 있는 만물을 자비하게 감싸는 고요 속의 깨어 있는 불성, 혹은 기독교인이라면 사랑이신 하나님이 항상 계십니다. 부디 용기를 잃지 마세요.

이 글을 읽고 언젠가 미황사에 가셔서 아침을 맞게 된다면 아마 후회하지 않으실 것입니다. 청명한 새소리와 생명력 가득한 풀벌레 소리, 시원하고 맑은 새벽 공기, 경내를 은은하게 울리는 종소리가 나의 회복을 도와줄 것입니다. 아름다운 달마산의 풍광과 주지 스님이 내어주시는 따뜻한 차를 마시다 보면 걱정과 불안이 노을 사라지듯 옅어져 본연의 나로 돌아오실 것입니다.

연둣빛 바다로 변신한 산들
벚꽃이 지고 나니 피는 봄꽃
깨끗한 하늘 위 달빛과 별빛
마음만 있으면 행복은 무료.

아름다운 장소에 있으면
그 안에 있는 것들이 다 가치가 있어 보입니다.
자존감이 바닥을 쳤을 땐
시간을 내 일부러라도 아름다운 곳을 찾아가
그곳에서 시간을 보내세요.
내 스스로의 가치와 아름다움을 재발견하실 것입니다.

☾

사람이 청정한 자연이나 아름다운 공간에 있으면
마음도 깨끗해지고 자신도 소중하다 느낍니다.
어쩌면 우리는 깨끗한 자연이나 아름다운 공간을
자주 경험하지 못해서
점점 각박해지고 사나워지는 것은 아닐까요.

☾

자신의 공간을 아름답게 만드는 가장 쉬운 일은
집 안 정리입니다. 쓸데없는 잡동사니를 버리고
소수의 좋은 물건들이 있어야 할 자리에 딱 있는 것,
그것이 공간을 가치 있고 아름답게 만듭니다.
내 방을 그렇게 만들고 싶다면
다 쓴 화장품 샘플부터 버리면 됩니다.

공간을 가치 있게 만들기 위한 팁 하나 더.

현재 쓰고 있는 것이 있으면 선물을 받았어도

그 제품을 밖으로 내놓지 말기.

동일한 제품군이 동시에 두 개가 나와 있으면 자리만 차지해요.

마저 다 쓰고 선물 받은 새 것을 밖으로 꺼내놓기.

복잡함 속에서도

단순한 것을 보는 것이 지혜입니다.

단순한 것이지만

다양한 해석을 가능케 하는 것이 예술입니다.

☾

우리는 살면서 재미 말고도 삶의 의미를 느끼고 싶어 합니다.
그런데 삶의 의미는 대개 내 개인의 이익이 아닌
타인을 돕는 과정에서 많이 느낄 수 있어요.
내 삶이 누군가에게 도움이 된다고 느낄 때
지금 내 존재의 의미와 가치가 생깁니다.

☾

일이 뜻대로 되지 않아 힘들거나
문제 해결 방법이 보이지 않아 두렵고 답답할 때
작은 선행을 해보세요.
작게라도 기부를 한다거나
다른 사람의 어려움을 풀어줘 보세요.
내 일과 직접 상관은 없지만, 신기하게도 도움이 돼요.

☾

세상 그 무엇도 홀로 존재하지 않고 서로서로 연결되어 있습니다. 그래서 남을 도와주는 선행을 하면 세상과의 연결감이 좀 더 강화되면서 행복하다고 느끼게 됩니다. 연결된 그 느낌이 자연스러운 우리 본성 상태이기 때문입니다.

☾

행복해지고 싶다면,
평소에 반복해서 하는 일들을 다르게 해보세요.
집에 가는 길도 평소와 다른 길로 가보고
음식도 새로운 것을 시켜보고
음악도 신곡을 찾아 들어보고
책도 안 보던 장르를 시도해보세요.
집 안 가구의 위치도 바꿔보고
예쁜 꽃도 사서 식탁에 놓아보세요.

우리 마음은 변화에 민감해서
긍정적인 새로움을 경험할 때 행복해합니다.

☾

하고 나면 행복해지는 소소한 일들을 생각해보았습니다.

1. 운동 2. 방 청소 3. 고마움을 담은 문자나 이메일 보내기

4. 부모님께 용돈 드리기 5. 샤워나 목욕 6. 기부나 봉사 활동

7. 사랑 표현을 주고받는 것 8. 맛있는 거 적당히 먹기

9. 영감을 주는 강연을 듣는 것 10. 고요한 명상과 기도

여러분도 한번 생각해보세요.

☾

행복을 단순히 '즐거운 느낌'으로 정의하면

우리 삶은 행복하지 않은 시간이 너무 많아요.

고대 그리스에선 행복의 정의를

'자신의 가능성을 발현하기 위해 노력할 때

느끼는 기쁨'이라고 했다네요.

지금 자신의 가능성을 발현하기 위해 노력하는 중인가요?

그 시간이 모두 행복입니다.

프랑스에선 중산층의 기준으로 소유한 재산을 보는 것이 아니라
외국어를 하나 할 수 있는지, 악기를 즐기면서 연주할 수 있는지,
운동이나 봉사 활동을 꾸준히 하는지, 자신만의 요리를 해서
지인들을 초대할 수 있는지 등을 본다고 합니다.
돈만 많다고 저절로 중산층이 되는 것이 아니라네요.

젊게 살고 싶으면 무언가를 하나 배우세요.
아무리 나이가 많아도 학생이 되면 마음이 젊어지고
배울수록 소소한 기쁨을 느껴
타인에게 의존하지 않고도 행복해지는 법을
스스로 알게 됩니다.

남에게 굳이 의지하지 않고도
혼자 시간을 즐겁게 보낼 줄 아는 사람이
자유로운 사람이다.
시간만 많다고 자유로운 사람이 되는 것은 아니다.

만약 삶을 자유롭게 살길 원한다면
시간을 충분히 가지고 천천히 가라.
적은 일을 하는 대신 그 일들을 잘해내라.
삶의 작은 기쁨이야말로 성스럽다.

만약 꿈이 이루어지기를 원한다면
시간을 들여 천천히 잘 쌓아올려라.
시작은 소박해도 끝은 창대할 수 있다.
정성을 다한 순수한 일들은 잘 자란다.

— 성 프란체스코

떡볶이의 우열은 떡을 베어 무는 순간 결정이 난다.
떡이 얼마나 부드럽고 양념이 잘 배어 있는가에 판이 끝난다.
즉 떡 자체의 기본기에 충실해야 나머지도 빛이 (아니 맛이) 난다.
지금 하는 일이 잘 안 된다면 기본이 잘 지켜지고 있는지 살펴보자.

하던 일이 잘 안 되는 순간이 오면
눈앞의 작은 일에 최선을 다해보세요.
지금 당장 할 수 있는 일은 작은 일들이고
그것들이 계속해서 쌓이면 큰일이 됩니다.

구하는 마음이 쉴 때

친한 동창 친구에게서 오랜만에 반가운 연락이 왔다. 최근 자기가 다니는 법인회사에서 운 좋게 파트너로 승진했다는 소식이었다. 운이 좋았다고 겸손하게 말했지만 나는 그 친구가 얼마나 치열하게 노력했는지 알고 있었다. 어릴 때부터 머리도 좋았지만 노력형이었던 그 친구에게 직장에서 좋은 일이 생기는 건 당연한 결과라고 생각했다. 저녁 식사를 사겠다는 말에 흔쾌히 약속을 잡았다. 모처럼 옛날 이야기도 하면서 친구의 승진도 진심으로 축하해주고 싶었다.

메밀국수 두 그릇, 김치전 한 접시를 두고 친구와 이야기하는 시간은 그 어떤 성찬보다 풍족했다. 땡볕 더운 여름 날씨에는 잘게 썬

파와 무를 갈아 넣은 시원한 국물에 메밀국수를 담가 먹는 그 맛이 최고였다. 함께 먹는 김치전도 생각보다 음식 궁합이 잘 맞았다. 맛있게 먹는 친구 모습을 바라보는 것 또한 행복이다. 우리는 서로의 근황을 나누었다.

친구의 말을 들어보니 파트너로 승진할 것인가 못할 것인가는 법인회사에 다니는 사십 대 직장인에게는 매우 중요한 일이라고 했다. 어려운 관문을 통과한 만큼 회사에서 해주는 대우도 다르고, 개인 자동차와 사무실도 따로 내준다고 했다. 심지어 개인 비서도 생겼다고 했다. 그런데 친구 얼굴이 마냥 좋아 보이지는 않았다. 막상 파트너가 되고 보니 파트너 안에서도 등급이 나뉘어 있어 본인처럼 막 승진한 가장 낮은 등급의 파트너에게는 별 권한이 없다는 이야기가 뒤따랐다. 최소한 지금보다 등급이 두 단계는 더 높아져야 회사 안에서 제대로 된 권한이 생긴다고 했다. 파트너만 되면 된다고 생각했는데 산 넘어 산이라고 아직은 만족하면 안 될 것 같은 상황을 다시 맞이하게 된 것이다.

친구에게 축하도 위로도 해주기 조심스러웠지만, 생각해보면 우리 삶이 그렇다. 오랫동안 원했던 목표를 이루고 꿈꾸던 새로운 세계에 입성하고 나면 모든 문제가 다 사라질 것만 같지만 절대로 그렇지가 않다. 그 세계는 그 세계에 맞는 새로운 규칙과 계급, 미묘한 차별이 기다리고 있다.

나만 해도 그랬다. 처음엔 출가해서 머리 깎고 수행만 하면 되는 줄 알았다. 하지만 행자 생활을 마치고 사미승이 된 후에는 비구승이 되기 위한 단계가 기다리고 있었고, 비구가 되어서도 승가고시를 봐서 4급에서부터 1급으로 올라가기 위해 부단히 노력해야 하는 구조였다. 학생 때도 비슷한 감정을 경험했다. 하버드에서 공부하기만 하면 행복할 것 같았지만 막상 들어가 보니 나같이 비교종교학을 공부하는 대학원생보다는 학부생들이나 법 혹은 MBA를 공부하는 대학원생들이 학교 안에서 더 알아주고 대우받는 기분이 들었다. 결국 자신이 원하는 세계 속으로 들어갔다고 해서 그걸로 끝이 아니었다.

하나를 이루고 난 후 다른 더 큰 목표를 위해 열심히 노력하는 것은 어쩌면 자연스러운 일이다. 하지만 행복을 이런 식으로 무언가를 성취했을 때 찾아오는 느낌이라고만 정의를 내리면, 평소에는 행복할 수 없다는 말인가 하는 의문이 든다. 더불어 성취 후의 행복한 느낌이 오래가면 좋겠지만 안타깝게도 그리 오래 지속되지 않는다. 더 크고 더 좋아 보이는 새로운 목표가 곧 눈에 보이기 시작하고, 그 새로운 목표를 위해 쉴 틈 없이 계속 달리게 된다.

그런데 여기서 중요한 발견이 한 가지 있다. 바로 우리가 궁극적으로 도달하기 원하는 행복이나 여유, 평화로움은 계속해서 뭔가를 구하는 마음이 쉴 때 비로소 경험하게 된다는 사실이다. 예를 들어

내가 오랫동안 원했던 학교나 직장에 들어가거나, 집이나 차를 사거나, 아름다운 옷이나 최신 전자 제품을 구입해서 행복한 것은 그 외부 대상들이 나를 행복하게 만든 것처럼 보이지만 더 깊숙이 들여다보면 그 대상들을 구하던 내 마음이 쉬게 되었기 때문에, 멈추고 조용해졌기 때문에 만족스럽고 평화롭다고 느끼는 것이다. 만약 그 대상들이 마음의 행복과 평화를 주는 것이라고 한다면 그 대상을 소유함과 동시에 영원히 행복하고 평화로워야 하는데 실제로는 그렇지 않고 곧 다른 새로운 대상을 구하게 되지 않는가.

그렇다면 행복하기 위해 우리가 해야 할 것은 대상들을 계속해서 바꾸어가며 잠시 동안의 마음의 쉼을 얻기 위해 끝없이 분투하기보다는, 마음 자체를 쉬게 만드는 명상이 아닐까 하는 생각이 든다. 평화로움이나 만족감은 결국 물건이 아닌 아무런 얽매임 없는 마음이 느끼는 것이기 때문이다.

지금부터라도 목표를 성취한 후에야 비로소 마음의 여유가 생겨 쉴 수 있을 것 같다는 그 생각을 내려놓자. 명상을 하듯 좀 더 현재에 집중하고 지금에 감사하면, 마음이 한결 덜 바쁘고 해야 하는 일의 과정도 즐기면서 할 수 있다. 행복하려면 먼 미래가 아니고 지금 여기서 행복해야 한다는 말이 있다. 구하는 마음이 쉴 때 생각보다 행복은 멀리 있지 않고 가까이에 있다는 사실을 발견하게 될 것이다.

구하는 마음이 쉴 때
행복과 여유, 평화로움이
우리에게 찾아옵니다.

4 장

우정의
여러 가지 면

선배 스님들은 계戒를 받고 정식 승려가 되면 세속에서 귀중하게 여겼던 것들에 대한 집착을 놓고 새로운 사람으로 태어나야 한다고 했다. 속인 때 입었던 알록달록한 옷 대신 먹물색 승복으로 갈아입고, 남들에게 멋있게 보이려고 모양을 냈던 무명초無明草라 일컫는 머리카락도 다 잘라버리라 했다. 또한 어릴 때부터 써온 이름 대신 은사스님께서 새로 지어주신 법명으로 자신을 소개해야 하며, 무엇보다 행동과 마음가짐을 수행자처럼 가져야 한다고 말이다.

옛 집착을 버려야 할 대상 중에는 속인으로 살 때 사귄 친구도 포함된다. 그도 그럴 것이 속인 때 친했던 친구들을 다시 만나 어울리다 보면 그동안 멀리했던 예전 습관들이 다시 올라올 수 있기 때문이다. 친구들도 스님이 된 나를 보고 뭐라고 불러야 할지 어색할 수 있으니 멀리 하는 것이 서로를 위해 좋다고 한다.

그런데 나는 이 말들을 들으며 옷이며 머리, 이름은 어렵지 않게 버릴 수 있지만 사람과 사람 사이의 인연을 무 자르듯 댕강 잘라 마음대로 정리할 수 있을까 하는 생각이 들었다. 하지만 이런 생각도 사실 출가 당시 나에게는 별로 해당되지 않았다. 은사스님 절이 미국에 있었기 때문에 출가한 후 미국에 살면서 한국의 옛 친구들과는 만나고 싶어도 만날 수가 없었기 때문이다. 하지만 만날 수 없다고 해서 친구들을 완전히 잊은 것은 아니었다. 나 또한 잊힌 것도 아니었다.

민수에게서 연락이 온 것은 늦가을 무렵이었다. 이메일을 열어보니 고등학교 시절 줄곧 친하게 지냈던 민수에게서 소식이 도착해 있었다. 생각하는 것이나 좋아하는 것이 비슷해 단짝으로 자주 어울려 다니던 민수였는데 내가 한국에 들어와 있을 때 어떻게 알고 연락을 한 것이다. 내 첫 책이 나온 것을 보고 이름은 달랐지만 바로 나인 걸 알았다며 출판사를 통해 이메일 주소를 받았다고 했다.

헤아려보니 민수를 마지막으로 본 지가 족히 20년은 된 듯했다. 이메일 내용을 보니 오래된 시간만큼 민수도 지금의 나를 어떻게 불러야 할지, 이전처럼 반말을 해도 될지 망설이며 단어와 문장을 오래 고른 듯했다.

나는 이메일에 적힌 번호로 전화를 걸었다.

"민수야, 나야. 우리 봐야지?"

내 익숙한 말투에 민수도 금방 편안해했고 우리는 예전처럼 고등학생 때 말투로 대화를 이어갔다. 우리는 광화문 근처에서 오랜만의 해후를 하기로 약속했다. 약속 시간보다 일찍 도착해 민수를 기다리고 있자니 민수는 어떻게 변했을까 많이 궁금했다. 머리 깎고 승복 입은 나를 바로 알아보려나? 민수는 예전처럼 멋있게 하고 나오려나? 드디어 멀리서 친구의 모습이 드러났다. 세월이 남긴 흔적은 어쩔 수 없었지만 분명 반가운 내 친구의 모습이었다.

"야, 오랜만이다. 우리도 이제 사십 대, 중년이네. 고등학생 때가 바로 엊그제 같은데."

내가 미국에서 학위를 마저 한다고 동분서주하는 동안 민수도 프랑스에서 공부를 하면서 십여 년을 보냈다.

"우리 불어반 선생님 참 좋은 분이셨잖아. 선생님께서 아시면 너를 참 대견하게 생각하시겠다."

오랜 친구와의 이야기는 먼저 지난 일들을 하나씩 회상하는 것으로 시작됐다. 교내 중창단 그룹에서 노래했던 이야기, 정신세계사 책들을 열독한 이야기, 담임 선생님 이야기, 친구들과 영화 보러 놀러

다닌 이야기 등. 그땐 참 앞이 캄캄하고 힘든 시절이었는데 지금 생각해보면 즐거웠던 기억이 많다. 저녁 식사를 마치고 차를 마시면서 지금 사는 이야기가 이어졌고 그러다 문득 민수가 말했다.

"넌 그때도 좀 평범하진 않았지. 다른 애들보다 용기가 많았잖아. 하고 싶으면 넌 바로 했으니까."

내가 그랬나? 난 그때나 지금이나 평범하고 무난한 사람이었다고 생각하는데 그런 말을 들으니 또 다른 느낌이었다. 학교 다닐 땐 몰랐는데 민수도 가끔씩 절에 다니는 불자라고 했다.

헤어질 즈음 민수는 돌연 웃음기 없는 얼굴로 진지하게 말했다.

"혜민 스님, 요즘 현대인들 참 살기 힘듭니다. 그런 사람들에게 위안을 주는 훌륭한 정신적 지도자가 되어주세요."

갑자기 반말에서 존댓말로 바뀌며 친구 민수가 아닌 한 사람의 불자로서 나에게 진정으로 부탁하는 것 같았다. 아, 그래야지. 민수도 이렇게 나를 믿어주는데. 많이 부족하지만 타인의 아픔을 보듬을 수 있는 따뜻한 마음의 종교인이 되어야지. 어려운 상황에 처한 사람들에게 희망을 주고, 지혜를 일깨워 현재 상황을 침착하게 이겨낼 수 있도록 도움을 주는, 그런 사람이 되어야지. 민수의 진지한 부탁이 나 스스로를 돌아보게 만드는 스승의 따뜻한 한말씀 같았다. 우리는 때로 누군가가 나를 믿어준다는 사실만으로도 살아갈 힘을 얻는다. 부족한 나를 좋게 봐주고 큰 스승이 되길 바라는 신심 있는 불자들의 모습을 볼 때마다 나를 돌아보고 계속해서 정진의 마음을 세우게 된다.

지하철 타고 가도 된다는 나를 민수는 자신의 집 방향과 반대임에도 기어이 차에 태웠다.

"반대 방향이면 어때. 이러면 조금이라도 더 이야기할 수 있잖아."

우리의 마음은 다시금 고등학생이 되었다. 별들이 쏟아지는 밤하늘 아래 차 속에서 빨간 신호등을 오히려 반가워하며 이야기꽃을 오랫동안 피웠다.

☾

세상에서 정말로 행복한 순간 중 하나:

친한 친구를 오랜만에 만나서

밤새도록 못다 한 이야기를 나누는 순간

☾

하늘이 맺어준 인연이 가족이라면

친구는 내가 선택한 가족이다.

— 헨리 데이비드 소로우

☾

인생 목표 중에 하나를

친한 친구 열 명 만들기로 해보세요.

어찌 보면 성공이나 명예보다 좋은 친구들이 많은 것이

행복에 더 큰 영향을 미치는 것 같습니다.

집과 일터 말고 나만의 휴식처로

공원이나 서점 같은 제3의 공간이 필요하듯

가족이나 동료 말고도 인생에는 친구가 참 중요합니다.

옆 테이블에 앉은 아가씨들이 친구가 취직했다니까
"잘 되었당!"을 연신 반복하면서 같이 기뻐하는데 제가 다 기뻐요.
살면서 "너무 잘 되었당! 될 줄 알았어! 너무 기쁘다!"라는 말을
친구들에게 종종 하면서 사는 것, 그것이 행복 같아요.

좋은 친구는 마법사다.
내 기쁨을 두 배로 늘려주는 마법사.

혼자 있을 때보다 사람과 같이 있을 때
웃을 확률이 30배 더 증가한대요.
정말로 웃긴 말 때문에 웃는 경우는 15퍼센트에만 해당하고
나머지는 앞 사람의 감정에 공감할 때 웃는대요.
웃음은 관계를 가깝게 하는 접착제입니다.

☾

어떤 다른 목적 없이,

그냥 만남 자체가 목적인 만남.

만남에 다른 이유가 없을 때

사람 사이에 숨어 있던 행복이 미소를 짓습니다.

☾

세상의 친목 모임은 두 가지 종류로 나뉜다.

그 자리에 없는 남의 이야기만 주로 하는 모임과

그 자리에 참석한 자기들의 속 이야기를 하는 모임.

후자가 훨씬 영양가가 있다.

진정한 친구는 나에 대해
뒷담화를 하지 않고 앞담화를 한다.

"난 네가 나의 부족한 단점들을
이상하게 보지 않고 이해해줘서 항상 고마워.
너같이 좋은 친구가 있다는 것이 나에겐 큰 행운이야."

다른 사람의 흉이나 단점을 말하는 순간,
내 안에 존재하는 그와 똑같은 단점이
말하는 도중에 더 강화됩니다.
이 간단하고도 중요한 사실을 잊지 마세요.

남이 고집이 있다고 느끼는 것은 어떻게 보면
나에게도 고집이 있기 때문입니다.
내가 고집이 없으면 상대는 그냥
결단력과 추진력이 좋은 사람으로만 보여요.

세상에서 가장 하기 쉬운 일 중 하나는
남의 잘못을 이야기하는 것이다.
세상에서 가장 하기 어려운 일 중 하나는
스스로의 잘못을 살피는 일이다.

친구들 모임에 가서는 남 이야기보다 본인 이야기를 하세요.
그래야 친구들이 당신과 유대감을 느낄 수 있어요.
완벽한 모습보다는 용기를 내어
있는 그대로의 내 모습을 보여준 만큼
그 친구들과 친해집니다.

우리가 마음의 상처를 남에게 말하고 나서
'다시는 이야기하지 말아야지' 하고 후회하는 것은
그 이야기를 들어준 상대가 따뜻하게 수용해주지 않고
문제의 원인을 나에게 돌리는 듯한 평가의 말을 하거나
잘 듣지 않고 딴짓을 했기 때문이에요.
그건 그들이 잘못한 것이지
용기를 내어 말한 당신 잘못이 아닙니다.

☾

친구의 어려움을 공감해준다고
“야, 나는 더 했어”라며 친구보다 더 힘들었던 자기 경험을
마구 이야기하는 거, 위로 안 됩니다.
지금 친구에게 필요한 것은
본인의 상태를 물어봐주고 들어주는 것이지
말할 기회를 상대가 가져가는 것이 아니에요.

☾

힘들어하는 친구에게 “힘든 거 빨리 털어내고 일어나”라고
하는 것도 별로 도움이 되지 않습니다.
본인도 털고 싶은데 못하니까 힘든 거잖아요.
용기를 준다고 한 말이 상대를 힘들게 하는 잔소리가 될 수 있어요.
대신 “많이 힘들구나. 내가 너라도 힘들 것 같아”라고 공감해주세요.

우리는 '그는 그런 사람이다'와
'그가 그런 사람이었으면 좋겠다' 사이를 헷갈려 한다.
특히 본인 바람을 담은 '그런 사람이었으면 좋겠다'가
'그런 사람일 것이다'로 종종 인식된다.
그렇게 혼자 기대하고 또 혼자 실망한다.

그에 대해 잘 모를 때는 내 마음대로
그를 향해 자기 투사가 가능합니다.
하지만 점점 알아갈수록
그가 내 기대와 다르다는 걸 알고 실망하지요.

그런데 이건 처음부터 끝까지
내 생각 안에서의 일이었을 뿐
그가 자기를 좋게 봐달라고 요청한 일도
의도적으로 실망하게 만든 일도 아니었어요.

만난 후 나쁜 감정만 남기는 만남은 되도록이면 자제하세요.
그런 만남이 아닌, 만나면 기분이 좋아지고
지지와 응원을 주고받거나, 내가 뭐라도 배우는 만남,
깊은 연결감이 느껴지는 따뜻한 만남을 가지세요.
불편한 마음이 드는 사람과 어쩔 수 없이 만나야 한다면
그 사람의 나쁜 면이 보일 때마다 '나는 저러지 말아야지' 하고
마음먹으면 그 사람이 나의 스승이 됩니다.

그리고 나는 왜 그 사람을 볼 때마다 불편한지 숙고해보세요.
내 안에 있는 어떤 부분이 그 사람을 볼 때마다 건드려져서
그와의 만남이 불편한 것일까요? 그것이 정말로 그 사람 잘못인지
아니면 내 과거의 다른 어떤 기억 때문인지 살펴보세요.

장미꽃같이 화려한 꽃을 방 안에 놓으면 빨리 시들지만
들꽃같이 수수한 멋이 있는 꽃은 상당히 오래가요.
사람과의 관계도
아주 능력 있거나 외모가 화려한 사람과의 인연은
처음엔 좋지만 그리 오래가지 않는 것 같아요.
수수하게 자기 자리를 꾸준히 지키는 사람,
그런 사람과의 만남이 전 좋은 인연 같아요.

오늘 아침 문득 그런 생각이 들었습니다.
우리는 책이나 학교 수업보다
사람을 만나면서 큰 배움을 얻고
인생이 바뀌는 경우가 더 많은 것 같습니다.
내 삶을 변화하고 싶으면 좋은 사람을 찾아 만나세요.

☾

좋은 친구는 만나고 나면
그의 긍정적인 반응으로 인해
내가 나를 더 좋아하게 만든다.

☾

어떤 이는 성당의 신부님을 찾고
또 어떤 이는 시詩를 찾지만
나는 내 친구들을 찾는다.

— 버지니아 울프

나보다 그를 더 생각한 하루

올해는 감기를 두 번이나 앓았다. 건강한 체질이라고 자신해왔는데 바쁜 일정 속에서 새벽마다 산에 오르는 것을 게을리했더니 몸이 예전 같지 않다. 얼마 전, 아침에 일어나니 몸에서 또 탈이 났다는 신호가 왔다. 다행히 그날은 법회도, 마음치유학교 회의 일정도 없어 병원에 다녀와 하루 푹 쉬자고 마음먹었다. 그 생각이 스치자마자 휴대전화가 울렸다. "스님, 한 시간 뒤에 뵈어요"라는 약속 확인 문자였다. 아차 싶었다.

문자를 보낸 사람은 지인들과 함께 한 번 만난 적 있는 외국인 노동자 친구였다. 명상에 관심이 많은 친구인지라 나와 따로 만나 이야기를 꼭 나누고 싶다고 해서 약속을 잡았는데, 약속 날짜가 바로 그날이었다. 그 친구와 만나고 병원을 가야겠다는 생각에 부랴부랴 가방을 챙겨 약속 장소로 향했다.

그런데 약속 장소에 나타난 그의 모습은 나보다 훨씬 초췌하고 지쳐 보였다. 똑같은 동작으로 반복되는 노동을 하다 보니 며칠 전부터 손바닥과 손가락이 찌릿찌릿 아프다고 했다. 또 서서 작업을 하는지라 발바닥과 다리 근육도 많이 저리다고 했다. 직감적으로 침을 맞으면 나을 것 같다는 생각이 들어 침을 맞아봤느냐고 물어보았다. 뾰족한 바늘로 살을 찌르는 것을 보긴 봤는데 무서워서 맞아본 적은 없다고 했다. 물론 약간 아플 수는 있지만 바늘이 가늘어서 보기보다 아프지 않고 지금처럼 근육이 뭉치고 아픈 증상에는 침을 맞는 것이 좋을 것 같다고 그를 설득했다.

막상 침을 맞아보겠다는 답을 듣고 나니 그를 데리고 치료를 받으러 갈 근처 아는 한의원이 없었다. 지인들에게 전화로 물어물어 그곳에서 멀지 않은 한의원 한 곳을 추천받았다. 침을 전문적으로 아주 잘 놓는다고 했다. 한의원에 도착해 30분 정도 기다리니 우리 차례가 돌아왔다. 한의사는 몇 가지 질문을 하고 친구의 몸 상태를 살펴보더니 문제의 원인을 바로 찾아 노련하게 손과 팔과 다리에 침을 놓았다. 침을 다 맞고 난 그는 손을 쥐었다 폈다 하며 이전보다 부드러워졌다며 신기해했다. 두세 번만 더 맞으면 몸이 훨씬 좋아질

거라는 의사의 말에 그의 얼굴은 전보다 밝아졌다.

나 역시 혼자 타지 생활을 하면서 몸이 아팠던 경험이 많았던지라 그 친구 같은 상황을 보면 안쓰럽고 마음이 쓰인다. 말도 잘 통하지 않는 남의 나라에서, 그것도 혼자 몸이 아프면 서럽고 외롭지 않겠는가. 점심시간이 되어 이번엔 무엇이 먹고 싶은지 물어보았다. 조금 주저하더니 고향 음식이 먹고 싶단다. 몸이 아프면 당연히 어렸을 때 집에서 편하게 먹었던 음식들이 떠오르는 법이다. 인터넷으로 검색해 근처에 있는 그 나라 전문 식당에 가서 음식을 시키고 오늘 만남의 목적이었던 명상 이야기를 한참 나누었다. 그는 오랜만에 고향 음식을 먹으니 너무 맛있고 집에 있는 가족들 생각이 난다며 말끝을 흐리고는 눈시울을 붉혔다.

식당을 나서는데 조심스럽게 한 가지 부탁을 더 해도 되겠느냐고 물었다. 흔쾌히 괜찮다고 하니 자기 휴대전화에 문제가 생겨 수리를 받아야 하는데 우리나라 말이 짧아서 한 달이 넘도록 고장 난 휴대전화를 쓰고 있다는 것이었다. 불편하게 지냈을 생각에 바로 휴대전화 고치는 곳을 찾아갔다. 내가 휴대전화에 생긴 문제를 설명하니 아주 간단한 작업이라며 바로 수리를 해주었다.

헤어질 시간 즈음이 되니 아팠던 다리도 손처럼 많이 부드러워지고 통증도 줄었다며 고마워했다. 자신에게 있었던 크고 작은 긴급한 문제들을 스님 덕분에 해결하고, 먹고 싶었던 고향 음식도 먹게 되어 너무 고맙다는 인사를 연거푸 했다. 처음 만났을 때보다 훨씬 편안한 얼굴로 지하철 역사 안으로 들어가는 그 친구를 보니 내 마음도 덩달아 편안해지고 왠지 모를 뿌듯함이 올라왔다.

그런데 홀로 남고 보니, 그 순간 조금 놀라운 깨달음이 있었다. 내가 그 친구와 함께 한의원에 가고, 식당에서 음식을 먹으며 이야기를 나누고, 휴대전화를 고치고, 그렇게 몇 시간을 돌아다니는 동안 나는 내 몸 아픈 것을 까맣게 잊어버리고 있었던 것이다. 분명 아침에 깼을 때만 해도 꼼짝하기도 힘든 컨디션이었는데, 그를 도와야겠다는 마음이 올라오니 나도 모르는 힘이 솟아났나 보다. 내 몸이 아프다는 사실의 무게까지도 아침보다 훨씬 가볍게 느껴졌다.

우리가 살면서 자신이 불행하다고 느끼는 것은 어쩌면 내 문제점만을 지나치게 반복적으로 크게 생각하기 때문이 아닐까 싶다. 부정적인 생각을 하면 할수록 그 프레임 안으로 나를 더 견고하게 가두고 밖으로 나올 수 없게 만든다. 이럴 땐 자기 생각에 빠져 있는 것보다 남에게 아주 작은 친절을 베풀어보는 것이 큰 도움이 된다. 내가 쓸모없는 사람인 줄 알았는데 나의 작은 도움으로 상대가 잘되는 모습을 보면 내 자존감도 올라가고 세상과의 연결감도 증가하게 된다.

그러나 안타깝게도 많은 사람이 남을 돕는 것은 내 상황이 좋아진 후에야 가능하다고 생각한다. 그래서 아주 작은 도움도 차일피일

미룬다. 내 코가 석 자야, 하면서 말이다. 하지만 우리 상태가 완전히 좋아질 때까지 기다렸다가는 영영 누군가를 도울 만한 시절을 만나지 못할 수도 있다. 왜냐면 우리의 욕심은 끝이 없어서 괜찮은 상황이 와도 이것으로는 안 되고 더 괜찮아져야 한다고 생각하기 때문이다. 없으면 없는 대로, 부족하면 부족한 대로, 좀 아프면 아픈 대로 내 사정에 맞게 조금씩이라도 남을 돕는 실천이 결국 우리 스스로를 치유하고 좀 더 완성된 방향으로 이끈다. 내가 그 친구를 도왔다고 생각한 그날은 어쩌면 그 친구가 나를 돕고 치유한 날이었을지 모르겠다.

행복은

내가 도움을 준 사람이

행복해하는 모습을 보는 것입니다.

행복은

나에 대한 고민을 줄이고

다른 사람의 안위를

진정으로 걱정하고 도와줄 때 커집니다.

사람의 업적을 평가할 때는

본인이 평생 어떤 일을 성취했는지도 중요하지만

다른 사람들이 어떤 일들을 성취할 수 있도록

옆에서 도와주었나 하는 것도 중요합니다.

오랜만에 만나자고 연락이 와서 나갔더니
친구 혼자 나온 것이 아니고
스마트폰이라는 애인을 데리고 왔다.
친구는 나와의 대화 사이에도
그 애인을 엄청 챙겼다.

지인이 전화를 하셔서 뭐 이런 일 가지고도
본인이 친구에게 사과를 해야 하느냐고 물으셨다.
그런데 들어보니 지인에게는 별일이 아니지만
친구분은 상처받을 수 있었겠다 싶었다.
상처를 준 사람의 입장에선 항상 별일이 아닌 것 같다.
그래서 상처받았다는 사람은 많은데 상처를 줬다는 사람은 없다.

☾

눈이 왔을 때 바로 쓸면 쉽게 치울 수 있지만
다음 날 쓸려고 하면 얼어붙어서 치우기가 상당히 힘들어요.
사람의 감정도 쌓여서 얼어붙기 전에 빨리 연락해서 풀어야지
한참 지나서 어떻게 해보려고 하면 무척 어렵습니다.

☾

때를 종종 밀지 않으면 묵은 때가 살에 붙어
아주 세게 밀어야 된다고 합니다.
이처럼 감정의 때도 오래 묵히면
그걸 해결하는 데 엄청 아파요.

☾

용서를 구할 때는 진정성이 말 속에 묻어 나와야 합니다.
정말로 솔직한 사과는, 들으면서 나도 모르게 피식 웃음이 나오면서
인간적으로 이해가 되어 나도 그의 입장이었다면
어쩔 수 없었겠다는 생각을 하게 만듭니다.

☾

성악가가 음량이 커서 큰 소리를 낼 수 있는데도
참으면서 길고 고요한 소리를 낼 때가 있다. 그 소리, 참 아름답다.
상대를 다 무너뜨릴 수 있는 힘을 가졌으면서도
상대를 이해하고 용서하는 사람이 있다. 그 사람, 참 멋있다.

☾

내가 옳고 결국은 네가 틀렸다는 것을 증명해 보여도
내 기분은 별로 나아지지 않고 그대로예요.
그러니 내 기분을 나쁘게 만든 상대에게 복수할 생각보다
내가 좋아하는 다른 것들에 마음을 집중하는 것이
심신 건강에 훨씬 이로워요.

☾

크게 성공하고 싶은 사람들이 피해야 할 것:
자기 스타일 없이 남 따라 하기
이미 성공한 사람들이 피해야 할 것:
자만심

☾

자신의 능력을 과신하는 사람은
본인이 전문가보다 더 잘할 수 있다고 생각한다.
심한 경우에는 아예 그들을 가르치려고 한다.
아주 큰 실수고 바보 같은 행동이다.

☾

자신의 것이 세상에서 최고라고 하는 사람은
대개 자기 우물 밖에서의 경험이 많지 않습니다.
세계를 여행하고 정말 다양한 경험을 한 사람은
자신의 것이 세상에서 최고인지는 알 수 없지만
지금 자기 자신에게는 최고인 것 같다고 말합니다.

나를 끊임없이 무시하고 괴롭히는 사람 때문에
멘탈이 붕괴될 것 같으면 당당히 이야기하세요.
"나는 당신이 그렇게 대할 만큼 하찮은 존재가 아니다.
당신이 나를 무시하는 것은 당신 안에 숨어 있는 열등감 때문이지
내 문제가 아니다. 난 더 이상 못 참는다."

치사하면 더 이상 다른 사람에게 의지하지 말고
내 힘으로 하겠다 마음먹으세요.
시작이 좀 초라하고 금방 뭔가가 막 이루어지지는 않아도
그 길로 가는 것이 맞습니다.

훗날 내공이 많이 쌓였을 땐
그 누구도 나를 우습게 여기지 않고
그때 이룬 성공은 쉽게 무너지지 않습니다.

인간관계에서 갈등은
친해지는 과정에서 어쩔 수 없이
지불할 수밖에 없는 수업료입니다.
갈등이 없기를 바라는 것보다
갈등이 생겼을 때 잘 풀어 화해를 잘하는 것이
더 중요합니다.

비록 누군가와 다퉜다 하더라도
일정 시간이 흘러 흥분한 마음이 가라앉으면
먼저 대화를 시도해보세요.
"어떻게 지내? 그때는 내가 너무 심했던 것 같다는 후회가 드네."
갈등을 회피하거나 관계를 끝내버리는 것이 아니고
다시 관계를 회복해보려는 사람이 성숙한 사람입니다.

힘이 있다고 가진 힘을 백 퍼센트 다 써버리면
결국엔 큰 화근이 되어서 돌아온다.
지혜로운 이는 싸울 때도 3분의 2의 힘만 쓰고
상대의 마지막 체면은 지켜줄 줄 안다.

참는 자에게 복이 온다고 하잖아요?
내 인내력을 테스트하는 사람이 나타나면
'아이고, 나에게 복을 주려고 저 사람이 나타났구나' 하십시오.

우리가 다른 사람의 불행까지 다 책임질 수는 없습니다.
상대를 따뜻하게 대하면서도
넘지 않아야 하는 심리적 선을 지키세요.
그를 돕다가 내가 점점 불행해지면
처음의 선의가 원망으로 변합니다.

☾

아무리 좋은 관계라도
세 번만 돈 꿔달라고 하면 나쁜 관계가 되고
아무리 나쁜 관계라도
세 번만 계속해서 도와주면 좋은 관계가 됩니다.
이처럼 원래부터 좋은 관계도 반대로 나쁜 관계도 세상엔 없습니다.

☾

돈을 빌려주고 나면
돈을 빌려준 사람이 갑에서 을이 된다.

☾

의리 때문에 불공평한 거래를 계속해서 감행하지 마세요.
상대도 의리가 있다면 내가 문제를 제기했을 때
바꿔주거나 내가 납득할 만한 설명을 해줍니다.
그렇지 않으면 의리도 돈도 다 잃게 될 수 있어요.

일이 잘 안 되는 이유:

자기 것은 포기하지 않으면서 부탁만 하니까.

멀리하고 싶은 친구:

옳은 말은 많이 하지만 알고 보면 인색한 친구.

그 사람의 과거 상처까지 보듬어

사랑으로 감싸주어야지 하고 시작한 만남은

의외로 실패로 끝나는 경우가 많아요.

누구를 구하려고 하지 마시고 그냥 사랑하세요.

나를 치유해주겠다고 다가오는 사람, 부담스럽지 않을까요?

사랑의 마음을 일부러 만들려고 하지 말고
단지 나와 상대 사이에 있는
내 생각의 장애물을 내려놓으려고만 하세요.
그러면 사랑의 본성은 저절로 드러납니다.

봄날은 간다

3월에는 공기에서부터 봄을 맞는 설렘이 느껴진다. 나는 90년대 말 평생 처음으로 미 동부 프린스턴 대학교로 향하는 기차에 올랐다. 박사 과정에 합격한 후 학교 탐방을 가는 길이라 새로 만나게 될 인연에 대한 설렘과 기분 좋은 긴장감이 화사한 봄 날씨만큼이나 내 마음에 가득했다. 이윽고 기차는 프린스턴 역에 도착했고 플랫폼에 내려 마중 나오기로 한 대학원 1년 선배 데니스를 찾았다. 데니스는 나를 금방 알아보고 다가왔다. 나와 비슷한 키에 친절한 인상을 지닌 그는 마치 오래 알고 지낸 사람처럼 왠지 모르게 친근했다. 그도 나처럼 외국인으로 일본에서 오래 살았던 경험 때문이었는지 백인으로는 보기 드물게 동양적 정서를 잘 이해했고 한국에 대해서도 깊은 관심을 보였다. 학교 탐방 기간 2박 3일 동안 나는 데니스의 기숙사 방에서 신세를 지며 박사 프로그램에 대한 많은 이야기를 나누었고 그의 세심한 답변과 좋은 환경 덕분에 이미 방문한 다른 대학원들보다 결국엔 프린스턴으로 마음을 정하게 되었다.

박사 과정이 시작되기 전, 데니스는 다음 학기부터는 기숙사가 아닌 방 두 칸짜리 대학원생 아파트로 옮길 계획이라며 혹시 아파트를 공동으로 쓸 생각은 없는지 물어보았다. 모든 것이 낯선 대학원 생활을 혼자가 아닌 데니스와 서로 도와가며 시작할 수 있다는 생각에 아주 흔쾌히 승낙했다. 우리는 새 학기가 시작하기 몇 주 전에 아파트로 이사를 해 같이 쓸 책상과 책장, 주방용품 등을 구입했다. 음식도 종종 같이 만들어 먹었으며 학교 안에서 하는 음악 공연에도 가고 주말에는 뉴욕 인근에 있는 내 은사스님 절에 가서 함께 법회에도 참석했다. 학기가 시작되기 전까지 우리는 많이 친해졌고 비록 기간은 짧았지만 아주 좋은 친구가 생긴 것 같아서 뿌듯했다.

하지만 학기가 시작되면서 데니스와 나는 각자의 수업 스케줄로 매우 바빠졌다. 나는 전공 외에도 예전부터 공부해오던 중국어와 일본어를 계속해서 공부해야 했고, 데니스는 이전부터 배우고 싶었다는 한국어를 배우기 시작했다. 그러면서 자연스럽게 나는 데니스를 통해 일본에 대해, 데니스는 나를 통해 한국에 대해 더 잘 알게 되었다. 그런데 시간이 지날수록 서로의 생각이 많이 다르다는 사실을 알게 되었다. 예를 들면, 한일간의 민감한 이슈가 등장하면 밤늦게까지 열띤 토론을 벌였는데, 그는 주로 자기의 전공 국가인 일본을 대변했고 나는 한국의 입장을 이야기하다 보니 별일도 아닌데 이상하게 감정이 상하는 경우가 종종 발생했다.

보통 이런 경우에는 서로 며칠간 심리적 여유를 갖고 나면 아무 일도 아니었다는 걸 자연스럽게 알게 되고 원상 복귀되는데 데니스와 나는 같은 공간에서 둘만 지내는 상황이다 보니 심리적 휴식 기간을 주기가 어려웠다. 더구나 아파트에서 학교 캠퍼스까지 주로 데니스 차를 얻어 타고 같이 이동하다 보니 그 어색함은 상당히 오래 지속됐다.

가족이 아닌 누군가와 함께 살아본 경험이 있는 사람들은 아마 다들 알 것이다. 공간을 나눠 쓰는 동거인과의 관계는 아주 사소한 것에서 삐끗하면서 어긋날 수 있다. 그냥 친구 관계였으면 전혀 문제되지 않을 일이 같이 살다 보면 은근한 스트레스 요소로 작용한다. 예를 들면, 부엌 설거지나 집 안 청소하는 법이 다를 수가 있고, 아니면 방 안에서 틀어놓는 음악이나 선호하는 텔레비전 프로그램이 차이가 날 수 있다. 취침에 드는 시간이 비슷한지, 코를 골고 자는지 아닌지, 다른 친구들을 자주 데리고 오는지 아닌지, 이 모든 것이 다 문제가 될 수 있다. 같이 살아보기 전까지는 아무리 둘도 없는 친구라 하더라도 어떤 지점에서 충돌이 일어날지 쉽게 예측할 수 없다. 차라리 아예 큰 절에 사는 스님들처럼 여러 대중이 함께 살거나, 둘이 살더라도 서로 잘 모르는 사이라면 상대방의 삶에 침범하지 않는 예의와 적당한 무관심으로 일관할 수 있겠지만 잘 아는 사람끼리는 그럴 수도 없다.

나와 데니스의 미묘한 갈등은 정말로 내가 상상하지 못한 부분에서 또 발생했다. 당시 나는 밥을 지을 때 데니스도 먹을 겸 넉넉한 양을 해서 전기밥솥의 보온 기능을 활용했다. 보통 이틀이나 사흘 치 밥을 했는데 이상하게도 데니스는 하루가 지난 밥은 절대로 입에 대지 않았다. 그 이유를 물어보니 아무리 보온이 잘되어도 오래된 밥은 싫다고 했다. 그러다 보니 어느 순간부터 우리는 각자의 전기밥솥을 구해서 따로 밥을 해먹는 다소 황당한 상황이 벌어졌다. 결국 그와 나는 같은 아파트에서 살지만 예전처럼 서로 얼굴 보고 이야기를 나누며 같이 식사하는 일도 점점 드물어졌다.

가을 학기가 끝나고 두 번째 봄 학기가 시작될 무렵 데니스와 크게 언성을 높이는 일이 발생했다. 그가 얼마 전 새로 산 카메라 사용설명서를 내가 쓰레기인 줄 착각해 버렸기 때문이었다. 나는 승려라서 그런지 뭐든 버리고 정리하는 것을 좋아했고, 데니스는 뭐든 모으고 기록하는 것을 좋아해서 쉽게 버리지 않는 스타일이었다. 미안하다고 사과했지만 그날 이후 한동안 침묵의 시간이 흘렀고, 얼마 후 다시 말을 나누기 시작했을 때는 이미 서로가 너무도 어색한 존재가 되고 난 후였다.

인도의 성자 지두 크리슈나무르티는 자기 성찰은 관계라는 거울을 통해서 가능하다고 말했다. 즉 다른 사람과 어떤 부분에서 부딪칠 때 내 마음이 어떻게 반응하는지 관찰하면 내가 어떤 사람인지 드러난다는 것이다. 인도의 또 다른 스승 오쇼 라즈니쉬는 인간이 성숙해진다는 것은 우리 마음을 바위처럼 단단하게 만들어서 어떤 상처도 받지 않는다는 뜻이 아니고, 반대로 자신과 타인의 상처를 대면할 용기가 생기는 것이라고 말했다. 상처를 외면하는 것이 아니라 더 민감하게 느끼면서 있는 그대로의 진실을 수용하고 지혜롭게 대처해나갈 때 비로소 우리 영혼은 성숙해진다.

나는 데니스라는 관계의 거울을 통해 전에는 잘 알지 못했던 내 안의 이기적이고도 아주 소심한 부분과 정면으로 마주하게 되었다. 데니스와 갈등이 생겼을 때 왜 그렇게밖에 말과 행동을 하지 못했는지 깊이 후회하기도 하고 아쉽기도 했다. 이러한 성숙의 과정을 통해 많이 아파하고 미안해하고 힘들어하면서 대학원 시절의 첫 해를 보냈다.

봄이 가면 여름이 오고 가을이 오고 또 겨울이 온다. 우리는 처음의 따뜻한 봄날만 즐기다 관계의 혹서나 혹한을 잘 대비하지 못하고 갑작스러운 큰 이별, 예상 못 한 큰 아픔을 겪는다. 데니스와 1년의 시간을 함께 보낸 후, 우리는 누가 먼저라고 할 것 없이 다음 해 숙소를 아파트가 아닌 개인 기숙사로 변경해 신청했다. 좋았던 우정이 아쉽게도 변해버린 이십 대의 봄날은 그렇게도 무상하게 지나가 버렸다.

자기 성찰은
관계라는 거울을 통해서 가능합니다.
다른 사람과 부딪칠 때
내 마음이 어떻게 반응하는지를
자세히 관찰하면 내 모습이 드러납니다.

5 장

외로움에 관한 생각

우리가 외로운 이유

사람은 왜 외로움을 느끼는 것일까?

주변에 사람이 없는 것도 아닌데 우리는 외로움을 종종 느낀다. 같이 사는 부모나 배우자, 아이들이 있고, 가족과 떨어져 혼자 사는 사람이라 해도 매일 보는 직장 동료도 있고, 하루에도 수십 번씩 문자로 대화를 주고받는 친구도 있다. 하지만 사람 속에 살아도 우리는 여전히 외롭다. 돈이나 권력, 유명세가 있다고 해서 외롭지 않은 것도 아니다. 오히려 지킬 것이 많은 사람일수록 자기에게 가까이 다가오는 사람을 경계해 더 외로워하는 모습을 종종 본다. 마치 '그대가 곁에 있어도 나는 그대가 그립다'는 류시화 시인의 표현처럼 우리는 곁에 사람이 있어도 외로움을 느낀다. 왜 그런 걸까.

인간 중심 상담의 창시자인 미국의 심리학자 칼 로저스는 우리가 외로운 이유를 이렇게 설명한다. 나의 있는 그대로의 모습을 보여줬을 때 상대가 수용해주지 않을 수 있다는 두려움으로 인해 마음의 문을 열지 못하기 때문이라고 말이다. 마음의 문을 열고 솔직한 자신의 모습을 보여주고 싶지만, 만약 그랬을 때 상대가 나를 따뜻하게 지지해주는 것이 아닌 내 연약하고 부족한 부분을 평가하고 상처내고 심지어 다른 사람에게 떠벌리고 다닐 수도 있기 때문에 섣불리 그러지 못한다는 것이다.

즉, 상대를 믿을 수 없기 때문에 우리는 가면을 쓰고 사람을 대한다. 진짜 자기 모습을 감춘 채 사회적 시각에서 봤을 때 비난받지 않을 수준에서 안전하고 피상적인 만남만을 가지는 것이다. 그런 만남은 깊은 유대감이나 연결감을 느끼게 하지 못하고 누굴 만나도 마음에 공허함만 남는다. 그런데 여기서 질문이 하나 생긴다. 잘 모르는 사람들을 믿지 못해 마음의 문을 열지 못하는 것은 이해가 되지만 남도 아닌 가족한테까지 솔직한 모습을 보여주지 못하고 고립돼 외로워하는 까닭은 무엇일까? 왜 부모 자식 사이나 부부 사이, 형제자매 간에도 심리적인 벽이 생기는 것일까?

칼 로저스에 의하면 부모로부터 안전한 분위기에서 수용적인 지지와 긍정적인 관심을 받지 못한 경우 아이들에게 그러한 심리적 벽이 생긴다고 한다. 그 부모 역시 자신의 부모로부터 존중받아 본 경험이 없으면 자신도 모르게 자기 아이의 생각이나 결정을 마음대로 평가하고 컨트롤하려고 한다. 예를 들어 말하자면, 부모가 원하는 대로 아이가 행동했을 때만 인정하고 칭찬해주면 아이는 언제부턴가 자기 스스로의 느낌이나 결정을 신뢰하기보다는 부모의 바람이나 지시를 더 살피게 된다. 이런 분위기 속에서 자란 아이는 부모 앞에서 자기감정을 자유롭게 표현하지 못하고 억누르는 게 일상화되면서 어느 순간부터는 자기감정을 숨기고 모든 것이 문제없는 듯 가면을 쓰고 행동한다.

부부 사이나 형제자매 간에도 비슷하다. 가까운 사이이니 예의를 지킬 필요가 없다는 생각과 이미 다 안다는 생각에 서로의 이야기를 귀담아들으려 하지 않고 일방적으로 자기 이야기만 하는 경우가 많다. 솔직한 민낯의 모습을 보여줬을 때 배우자나 형제자매가 내 편이 되어 마음을 알아주고 포근하게 나를 수용해주길 바라지만 그게 또 생각처럼 잘 되지 않는다. 더군다나 직장에서 같이 일하는 동료보다도 함께 보내는 시간이 적어지고 긴밀한 소통을 하지 못하게 되니 서로에 대해 점점 잘 모르게 된다. 그래서 오히려 가족보다 더 가족 같은 가까운 친구와 속마음을 나누고 친밀한 경우가 많은 것 같다.

그런데 만약 부모나 형제, 가까운 친구가 내 모습을 자기 기준대로 재단하지 않고 긍정적으로 바라보고 존중해준다면 어떤 일이 벌어질까? 그런 사람이 우리 곁에 있다면 우리는 감정이나 생각을 가면 뒤로 숨길 필요 없이 있는 그대로의 모습을 드러내는 경험을 하게 된다. 그러면서 '아, 나의 있는 그대로의 모습은 존중받을 만한 것이었구나. 소중한 것이었구나. 문제가 없는 것이었구나' 하는 자각이 찾아오며 자신감과 자기 신뢰감이 높아진다. 더불어 자연스럽게 다른 사람들도 존중하고 배려하게 된다. 존중을 받아본 사람만이 다른 이도 존중할 줄 알기 때문이다.

이런 존중받는 분위기 속에서 성장한 아이는 자기가 갖고 있는 모든 가능성을 마음껏 발휘해 삶의 꽃을 활짝 피운다. 그런 아이는 자기의 선택을 긍정하며 다른 이들의 의견에 끌려다니지 않는다. 설령 실패한다 해도 실패에 대한 책임을 지고 일정 기간이 지나면 곧 회복한다.

물론 자라면서 있는 그대로의 내 모습을 존중해주는 부모나 형제를 만나지 못했을 수도 있다. 그렇다고 좌절할 필요는 없다. 지금이라도 늦지 않았으니 나를 존중해주는 사람을 찾아 관계를 맺을 수 있기 때문이다. 좋은 인생 선배나 내 편이 되어주는 친구, 혹시 주변에 그런 사람이 없다면 숙련된 심리 상담사와 같은 전문가를 찾는 것이 좋다. 있는 그대로의 내 모습을 수용하고 이해해주는 따뜻한 사람을 만나고 나면 훨씬 마음이 편안해지고 심리적 부담감도 줄면서 나 자신을 좀 더 수용하게 될 것이다.

사람은 외로운 존재다. 특히 자기의 진실된 속마음을 나눌 사람이 없다면 더욱 그럴 것이다. 찬바람이 부는 이 겨울에 혹시라도 친한 이가 마음의 문을 열고 속 이야기를 나누길 시도한다면 내 기준으로 섣불리 재단하지 말고 따뜻하게 경청해주길 바란다. 그리고 내 마음의 닫힌 문들을 조금씩 열어 상대에게 이야기한다면 상대 역시 자신의 문을 열면서 좀 더 깊은 관계로 발전할 수 있을 것이다.

사람은 살면서 다양한 역할을 합니다.

직장 상사로 대학 후배로 아내로 사촌언니로 학부모로….

그런데 우리가 그 사람에 대해 아는 것은 한두 가지 역할뿐입니다.

그래서 잘 아는 사람이라 해도 사실은 잘 모릅니다.

사람과의 관계가 어려운 이유는

상대를 이해하고 싶은 마음보다

상대에게 이해받고 싶은 마음이 훨씬 크기 때문입니다.

그래서 상대에게 내 말을 좀 들어보라고 하지만

서로의 말은 듣지 않고 자기 말만 하려고 해

결국엔 더 멀어져요.

외롭다 했더니 원래 다 외롭단다.
그 말을 들으려 말한 것이 아닌데
말하기 전보다 더 외로워졌네.

우리는 자신의 이야기를 하고 공감을 받을 때
타인과 연결감을 느낍니다.
내가 던진 이야기를 아무도 공감해주지 않으면
많은 이야기가 오갔어도
속이 허한 것이, 외롭다 느낍니다.

☾

나의 있는 그대로의 모습을 온전히 받아줄 사람이
이 세상에 단 한 사람이라도 있다면
그 사람은 불행하지 않습니다.
만약 그런 사람을 아직 못 만나 힘들다면
나와 잘 맞는 심리 상담사 선생님을 찾아보세요.
친구는 내 말을 중간에서 끊지만 상담사 선생님은
끝까지 수용하는 마음으로 잘 들어주십니다.

☾

몸이 아프면 전문의를 만나는 것이 이상하지 않은데
마음이 아프면 자기 혼자 해결하려다 병을 키운다.

의심이 많은 사람은
의심으로 인해 남들과 함께하지 못하고 외로워진다.
자신이 매우 특별하다고 여기는 사람도
남들과 잘 섞이지 못하고 외로워한다.

우리가 외로운 까닭은
주변에 사람이 없어서가 아니고
내가 그들을 향한 마음을 닫고 있기 때문입니다.
용기를 내 마음을 열고 말을 걸어보세요.
서로의 공통점을 어렵지 않게 발견할 수 있을 것입니다.

사람은 자신이 느끼는 불안의 깊이만큼
남들이 이해하기 어려운 돌출 행동을 합니다.
특히 관계에서 나의 어떤 말이나 행동이 그의 깊은 불안을 자극하면
갑자기 화를 내거나 그날 이후 잠수를 타거나 나와 절연합니다.

우리 마음은 행복하기 위해서
이런저런 '조건'이라는 틀을 만듭니다.
내 주변 상황과 사람이 그 틀에 딱 맞으면
행복할 것이라고 여깁니다.
하지만 그 틀이 있는 한 행복할 수 없어요.
내가 붙인 조건, 내가 만든 틀이
나를 불행하게 만드는 것입니다.

☾

외로움과 홀로 있음은 차이가 있어요.

외로움은 혼자 있지만 누군가를 필요로 하는 상태이고

홀로 있음은 혼자지만 혼자 있는 것이 평온한 상태입니다.

똑같은 상황이지만 마음 상태에 따라

외로움은 불행하다고 느끼고 홀로 있음은 편안하다고 느껴요.

☾

혼자 있는 것을 즐기면 홀로 있음이고

그 상태에서 벗어나려고 하면

똑같은 상태가 곧바로 외로움으로 변한다.

홀로 있는 것이 가진 좋은 점들이 사실 많습니다.
고요함 속에서 우리 내면을 온전히 들여다볼 수 있고
그 과정 속에서 내가 몰랐던 내면의 소리를 들을 수도 있습니다.
더불어 남 눈치 보지 않고 편안히 자기가 원하는 것을
선택해서 할 수 있고 온전히 쉴 수도 있어요.

우리는 심심한 것을 두고
외롭다고 해석하는 경우가 있습니다.
심심한 것을 달리 보면 무한한 가능성이 열려 있는
자유로운 시간이라고 해석할 수도 있어요.
할 일이 없다고 무조건 외롭다는 말을 붙이지는 마세요.

☾

우리의 괴로움은 주어진 현실이 가져다주는 것이 아니고
그 현실에 대한 내 마음의 해석이 가져옵니다.
똑같은 상황인데도 내 마음의 해석에 따라 괜찮을 수도 있고
엄청난 마음의 상처로 남을 수도 있습니다.
그러니 되도록이면 긍정적으로 해석해보세요.

☾

이미 일어난 일은 바꿀 수가 없습니다.
하지만 그 일을 어떻게 해석해서 어떤 방향으로 나아갈지는
내가 결정할 수 있습니다. 나쁜 일도 나를 거듭나게 하는
변화의 반환점으로 여기면 정말로 그렇게 됩니다.

☾

속으로 따라 해보세요.

"더 나빴을 수도 있었는데

이만하니 다행입니다.

이만해서 감사합니다.

제 자신을 위해

남을 원망하지 않겠습니다.

남은 생 의미 있게 잘 살겠습니다."

☾

신은 우리를 여러 방식으로 외롭게 만들어서

결국엔 우리 자신에게로 향하도록 이끈다.

— 헤르만 헤세, 《데미안》 중에서

새로운 고독의 시대

언제부턴가 나도 목소리를 나누는 전화 통화보다 문자로 이어지는 소통을 훨씬 더 선호한다는 사실을 발견했다. 왜 그럴까 가만 생각해보니 전화보다 문자가 여러 면에서 더 편하다는 느낌을 주기 때문인 것 같다. 전화 통화의 경우 일단 벨 소리가 울리면 지금 내가 하고 있는 일을 멈춰야만 통화가 가능하다. 누군가와 대화 중이라면 양해를 구하고 대화를 끊어야 하고, 밥을 먹는 중이라면 잠시 숟가락을 내려놓아야 한다. 기차 안이나 도서관, 회의 장소처럼 조용한 곳이면 벨 소리나 통화 소리로 남에게 피해를 줄 수 있으니 자리를 옮겨야 하는 불편함이 있다.

그에 반해 문자 소통은 내가 짬이 나는 시간에 조용히 확인하고 답을 할 수 있기 때문에 내 상황과 스케줄을 상대에게 당장 맞추지 않아도 된다. 또한 문자는 간결하게 요점만 전달하기 쉽기 때문에 전화를 했을 때 처음 얼마간 진행되는 인사치레의 말을 하지 않아도 되어 불필요한 감정 소모도 적다. 여러 사람에게 동일한 말을 전할 때는 일일이 전화하지 않아도 되고 한 번에 손쉽게 그룹 채팅을 할 수도 있다. 이러한 문자 소통은 스마트폰 애플리케이션의 발전 이후 더욱 자연스럽고 활발해졌다. 카카오톡, 라인, 밴드, 페이스북, 트위터, 인스타그램 등 앱을 통해 메시지를 주고받기 때문에 이젠 문자 소통이 대부분 사람들의 일상 속에서 자연스러운 소통 방식으로 자리 잡았다.

하지만 우리 삶에 녹아든 문자 중심의 대화가 편리하고 감정 소모가 적다고 과연 다 좋기만 한 것일까? 스마트폰을 들여다보며 우리는 끊임없이 사람들과 문자 소통을 하지만 이상하게도 예전보다 더 고독감을 느끼며 쉽게 우울해한다. 잠시라도 짬이 생길라치면 너나 할 것 없이 다 스마트폰을 들여다보며 사람들과 접속 가능한 인터넷 세상 속으로 들어가지만, 오히려 이전보다 정서적인 단절감과 외로움을 호소하는 사람들이 더 많아진 듯하다. 도대체 왜 이런 아이러니한 상황이 발생하는 것일까?

미국 MIT 대학교 사회심리학자인 셰리 터클은 지금의 현상을 "함께 있지만 따로 있는Alone Together" 상태라고 설명한다. 즉 같은 공간에 있긴 하지만 우리 각자의 마음은 스마트폰을 통해 모두 다른 곳에 가 있다는 것이다. 아이들의 경우 모여서 얼굴을 맞대고 함께 놀이를 하는 것이 아닌 같은 공간에서 각자의 스마트폰으로 게임이나 문자, SNS에 몰두하는 것을 쉽게 볼 수 있다. 어른의 경우도 마찬가지다. 친구들과 모임을 하거나 회사에서 회의를 할 때, 하물며 함께 밥을 먹을 때도 조금이라도 지루하거나 틈이 생긴다 싶으면 스마트폰을 꺼내 메시지를 체크하거나 앱을 열어 다른 세계와 접속한다.

셰리 터클 교수에 따르면 이런 인터넷상에서의 접속과 진정한 의미의 '소통'은 다른 것이라고 단언한다. 문자를 통한 접속은 언제라도 개인이 불편하다고 느끼면 쉽게 빠져나올 수 있기 때문에 그것이 불가능한 실제 대화와는 상당히 다르다는 것이다. 예를 들어, 실제 대화에선 내가 상대에게 실수로라도 상처 주는 말을 했을 때 상대가 어떻게 반응하는지, 어떤 아픔을 느끼는지 그의 얼굴 표정이나 목소리 등을 통해 생생하게 느낄 수 있다. 하지만 스마트폰을 통한 문자 소통은 상대의 아픔이 명확하게 보이지 않기 때문에 상대를 극심하게 괴롭혀놓고도 자신이 어떤 잘못을 했는지 잘 알지 못한다. 게다가 조금이라도 상대가 싫거나 불편하면 그냥 차단해버릴 수도 있다. 자칫하면 대화가 일방적으로만 이루어지고, 서로의 감정을 깊이 공감하거나 소통하기는커녕 잘못하면 상처와 공격만 남는다.

또한 우리는 하루에도 수십 번씩 다른 사람들이 보낸 메시지를 체크하거나, 페이스북, 트위터, 인스타그램 등에 올려진 타인의 생활을 들여다보며 생활한다. 그러다 보니 스마트폰 없는 혼자만의 시간이 불편하고 심지어는 불안하기까지 하다. 나 혼자 오롯이 있는 시간을 갖지 않다 보니 타인에게 자꾸 의존하는 버릇이 생기고, 그러니 지인의 문자나 SNS에 올라오는 친구들의 사진과 글이 없으면 외로움도 증폭할 수밖에 없다. 친구에게 보낸 문자에 한동안 답이 없으면 내가 무시당하는 것 같고 심지어는 버려진 것 같아 혼자 있는 그 시간이 점점 견디기 어려워진다.

이런 현상과 관련해 고전평론가 고미숙 선생님과 이야기를 나누어보았다. 어째서 다들 외로워하면서도 목소리를 나누는 통화나 직접 만나는 것은 또 왜 부담스러워하는지 말이다. 선생님은 그건 연결은 되고 싶지만 상처받는 것은 싫기 때문 아니겠느냐고 말씀하셨다. 사람들이 서로 얼굴을 보고 이야기하면 화학반응이 일어나면서 서로를 변화시킨다. 하지만 그런 공감과 성장의 경험을 하려면 반드시 수반하는 불편함과 수고로움을 감수해야 하는데, 그것들은 하기 싫으니 상대적으로 안전한 스마트폰 뒤로 숨는 것이다.

누군가를 면 대 면으로 만나기 위해서는 먼저 약속 시간과 장소를 잡아야 하고, 약속 장소까지 나가야 하고, 이야기를 나눌 장소에서 음식값이나 커피값을 지불해야 하고, 상대의 이야기에 한동안 귀 기울여야 한다. 어떻게 보면 이 모든 과정은 꽤 수고스럽다. 최근엔 연인 간의 이별 통보도 문자로 하는 사람들이 점점 늘고 있다고 들었다. 이것은 아마도 문자로 통보하면 상대가 실망하거나 분노하는 모습을 보지 않아도 되니 자신에게는 상처도 덜하고 안전하다는 느낌을 받기 때문일 테다.

하지만 이런 방식의 소통은 면 대 면으로 만났을 때 좋은 것들을 경험할 수 있는 기회도 박탈해버린다. 우리가 함께한다는 느낌, 내가 이해받고 존중받는다는 느낌, 깊은 곳에서 상대를 알아간다는 느낌, 아픔이 치유되고 관계가 회복되는 느낌, 관계의 밀도가 높아졌을 때만 열어 보이는 하기 힘든 이야기, 남에게 잘 알려주지 않는 긴한 정보 등은 모두 면 대 면의 만남이 있어야만 가능하다.

결국 현대인들이 느끼는 새로운 고독에서 벗어나기 위해서는 스마트폰 밖으로 나와 얼굴을 마주하고 서로의 온기를 느끼며 소통해야 하는 것 같다. 나아가 스마트폰 없이 혼자 있는 시간을 즐길 줄 아는 기술을 연마하는 것도 필요하다. 가끔은 스마트폰을 완전히 꺼놓고 책을 보거나 산책을 하거나 명상을 하는 등 홀로 있는 시간을 만끽해보자. 더불어 문자 소통을 주로 했던 이들에게 가끔씩 전화를 걸어 목소리를 나누며 이야기해보자. 언제 한번 보자고 말로만 했던 이와 만날 약속도 잡아보자. 혼자 있어도 좋고 함께 있어도 좋을 때, 우리는 어떤 상황이 와도 두려움 없이 편안히 현재의 삶을 즐길 수 있게 된다.

☾

어렸을 때는
일기장을 다른 사람에게 보여주지 않으려고
책상 속에 숨기고 열쇠까지 채웠는데
지금은 SNS로 자신의 하루 이야기를 세상 사람들에게
낱낱이 알리는 시대네요. 조금은 아이러니합니다.

☾

상대의 얼굴을 맞대고 할 수 있는 얘기가 아니라면
SNS에 올리면 안 된다고 봐요. 툭 던진 비판의 말이
누군가에게는 아주 큰 상처를 줄 수 있거든요.

☾

가까이 가고 싶지만
가까운 것이 왠지 좀 부담스러운 시대에
우리가 살고 있어요.
저만 느끼는 감정인가요?

☾

해외여행 중에 찍었던 멋있는 사진 한 장을 SNS에 올렸더니
부럽다고 난리가 났다. 사실 그 사진을 찍기 위해
얼마나 많은 사진을 날려야 했고, 날파리들과 사투를 벌여야 했고,
얼마나 배가 고프고 몸이 힘들었는지는 사진에 나오지 않았다.

☾

우리는 해외에 있는 지인과는 스마트폰으로 종종 연락하지만
정작 내 이웃과는 대화를 자주 하지 않습니다.
정치 성향에 공감하는 사람들과는 온라인상에서 쉽게 소통하지만
내 얼굴을 마주보며 일상의 감정을 공감해줄 친구는
찾기 힘든 시대에 살고 있어요.

☾

혹시 나와 같이 할 친구가 없어 외로운 이유가
한 친구에게 너무도 많은 것을 바라기 때문은 아닐까요?
나와 성격도 맞아야 하고, 노는 취향도 같아야 하고,
사는 수준이나 정치 성향도 비슷해야 하고 등등.
나와 맞는 부분이 하나라도 있으면
그 친구와는 만나서 그 부분만을 함께하면 됩니다.
내 모든 면과 맞는 친구만 사귀려고 하면 평생 외로울 수 있어요.

☾

제 인생을 가만히 살펴보니 가장 친하게 지내는 단짝 친구는
대략 5년에서 7년 주기로 바뀌는 것 같아요.
이사를 가거나, 결혼을 해서 아이가 생기거나, 직장을 이동하거나,
일이 매우 바빠져 만나기 어렵거나 등등의 이유로
친구와 멀어져 외롭다고 느낀다면, 조금만 기다려보세요.
우주는 새로운 좋은 친구를 한 명 또 보내줍니다.

성공한 사람을 많이 만나본 기자가 이런 말을 한 적이 있어요.
“성공한 사람들의 특징은 사람을 아무리 만나도
지치지 않는다는 점이에요.”
가만 보면 새로운 기회나 아이디어는 사람을 만나 대화를 하다가
발견하는 것 같아요. 새로운 우정은 그런 기회를 더 만들어주고요.

진정 자신의 삶을 변화시키고 싶다면
나에게 지혜를 줄 사람, 좋은 에너지를 나누어줄 사람을
내가 찾아가야 합니다.
내가 움직여야 새로운 세상도 만나게 되고
인생의 전환점도 생깁니다.

☾

그가 나를 찾아와서 이야기를 하면
그에 대해 제대로 잘 알지 못하게 된다.
그의 실제 모습을 제대로 알고 싶으면
내가 그가 있는 곳으로 찾아가야 한다.

— 요한 볼프강 폰 괴테

☾

기대를 하니까 자꾸 실망하지.
심적 결핍감과 외로움을
남에게 채워달라고 하면
넌 자꾸 실망만 할 거야.
네 스스로가 깨닫고 변해야 해.

☾

그 사람이 나빠서가 아니라

그 사람과 맞지 않아서 그래.

좋은 사람도 잘 맞지 않으면

결국 나쁜 사람이 되더라고.

☾

성격이 정반대인 사람과 같이 일하려면 힘이 들어요.

성격을 맞춰 친구처럼 지내려 하지 말고

일을 통해 서로 신뢰를 쌓으려 하세요.

시간이 걸려서 그렇지 일단 신뢰가 쌓이면

이 관계도 꽤 괜찮습니다.

☾

사람들과 함께 있으면 좀 혼자 있고 싶어지고,
막상 혼자 있으면 어느 순간 이야기를 나눌
누군가와 함께 있고 싶어집니다.
그렇다면 우리의 문제는 혼자 있어서나
사람들이 많아서가 아니고
혼자 있으면 혼자 있는 것이 싫고
함께 있으면 또 함께 있는 것이 이내 불편한
엎치락뒤치락하는 마음 습관에 있지 않을까요?

☾

열탕에 들어가면 온도가 1도만 낮았으면 좋겠고
냉탕에 들어가면 온도가 2도만 높았으면 좋겠다고
사우나 갈 때마다 혹시 느끼지 않으세요?

외로움의 근본 원인은 혼자 있기 때문이 아닙니다.
만약에 그렇다면 혼자 있는 시간엔 항상 외로워야 하는데
우리는 혼자 있을 때 오히려 자유롭고 편하다고 느끼는 순간이
더 많습니다. 외로움의 근본 원인은 내가 행복하기 위해
다른 사람이 꼭 있어야 한다는 생각 때문입니다.
그 생각을 믿게 되면 지금을 부족하다고 느끼게 되고
그 부족한 결핍감이 외로움을 만듭니다.

진정한 내가 무엇인지 정확하게 깨닫기 전까지는
아무리 좋은 환경과 관계 속에 있어도
어딘지 모르게 뭔가 좀 부족하다는 느낌, 공허한 느낌을
지울 수가 없습니다.

왜냐하면 내가 누구인지 모른 채 살아간다는 것은
우주 속에서 나라는 존재가 분리되어 있다고 착각하게 만들기 때문에
항상 외로움과 분리감 속에서 살아갈 수밖에 없어요.

외로움에서 벗어나고 싶다면

영국에 외로움을 담당하는 장관이 생겼다는 흥미로운 기사를 얼마 전에 접했다. 외로움으로 인해 고통받는 영국인이 무려 900만 명에 이른다고 하니 그런 장관이 생길 법도 하다. 외로움이 주는 정신적인 고통은 매일 담배 15개비를 피우는 정도의 해를 우리 몸에 끼친다고 한다. 우리나라도 전체 가구 형태 중에서 혼자 사는 1인 가구의 비중이 점점 높아진다는 통계가 연일 보도된다. 특히 고령화사회로 접어들면서 젊은 사람뿐 아니라 연세 드신 분들도 혼자 사는 경우가 크게 증가해 오랫동안 그 누구와도 연락하지 않고 살다 고독하게 사망하는 경우가 점점 늘어난다고 하니 외로움은 비단 영국만의 문제가 아닌 것 같다.

그런데 지난 토요일 오후, 불현듯 나에게도 외로움이 찾아왔다. 모처럼 쉬는 날이고 날씨도 참 좋았는데 그 누구를 만날 일도, 연락 오는 곳도 없었다. 바쁜 일상을 보내다 이렇게 텅 빈 시간이 주어지면 보통은 독서나 운동 같은 것을 하면서 혼자 있는 시간을 즐기는 편인데 그날은 좀 이상했다. 물론 몇몇 도반 스님들께 같이 식사하자고 연락하면 외로움으로부터 쉽게 벗어날 수 있겠지만 그날은 그러고 싶지 않았다. 왠지 이번만큼은 외로움의 정체가 무엇인지, 그리고 그것을 극복하는 방법은 무엇인지 꼭 찾아내고 싶었다.

우선 외로움의 근본 원인이 궁금했다. 일반적으로 사람들은 함께 할 누군가가 곁에 없어서 외롭다고 말한다. 즉 외로운 이유가 혼자라서 그렇다는 것이다. 그런데 깊이 들여다보면 이것을 궁극적인 원인이라고 규정하기에는 문제가 있다. 왜냐면 누군가 함께 있어도 외롭다는 이들이 많기 때문이다. 군중 속의 고독이라는 말처럼 외로움은 곁에 누가 있어도 찾아오는 것이기에 꼭 혼자라서 외로운 건 아닌 것 같다.

만약에 혼자 있는 것이 외로움을 만들어내는 근본 원인이라고 한다면 혼자 있는 시간은 항상 외로움의 고통이 동반돼야 하는데 실제로 보면 그렇지 않다. 나만 해도 혼자 있는 시간이 선물같이 느껴질 때가 훨씬 더 많다. 다른 이들도 오히려 혼자 있으니 남 눈치 안 봐도 되고 홀가분하니 마음 편하고 자유롭다고 이야기한다. 결국 외로움의 원인은 단순히 혼자여서 그렇다고 말하기는 어렵다.

그렇다면 도대체 무엇이 근본 원인일까? 계속해서 마음을 들여다보니 외로움에 대한 작은 알아차림이 있었는데, 바로 '외롭다는 생각'이다. 사람들과 시간을 보내면 더 행복할 것 같은데 같이 할 사람이 없기 때문에 지금은 불행하다는 생각이 들면서 외로운 느낌이 생겨난다. 그 생각만 아니면 별문제가 없는데 그 한 생각을 일으켜 혼자 있는 지금에 결핍감이 생기며 문제가 돼버린다. 이런 생각은 주로 일이 없이 심심한 경우에 많이 올라온다. 한가롭고 심심한 것을 외롭다고 해석해버리면서 혼자 있는 지금을 힘들고 피해야 하는 시간으로 만들어버린다. 즉 외로움의 정체는 혼자라는 외적 상황보다 혼자여서 문제라는 내면의 생각에서 비롯한 것이었다. 결국 상황이 아닌, 그 상황을 해석하는 방식이 우리를 괴롭혔던 것이다.

누군가와 함께 있어도 외로운 경우는 조금 상황이 다르다. 같이 있어도 외로운 경우는 그 안에 내 편이 없다고 느끼거나 나를 이해해주는 사람이 없다고 느낄 때, 혹은 내가 여기에 속하지 못한다고 느낄 때 주로 찾아온다. 즉 사람들과의 연결감이 부재할 때 사람들 사이에 있어도 외로움이 만들어진다. 그렇다면 어떻게 해야 연결감을 회복해 외로움을 극복할 수 있을까?

근본적인 방법은 가면 뒤에 숨어 있는 자신의 실제 모습을 보여주고 서로 수용하는 것이다. 사람은 누구나 어느 정도 각자의 역할에 맞는 가면을 쓰기 마련이다. 밖에서는 직장 상사의 역할을 하다 집에 들어가서는 엄마나 아빠로서의 역할, 아내나 남편으로서의 역할, 며느리, 사위, 딸, 아들로서의 역할을 수행한다. 이 각각의 역할들을 잘해내려면 상황과 상대에 맞게 적당히 가려가며 자신의 모습을 보여줄 수밖에 없다. 하지만 깊고 진정성 있는 관계 맺기를 원한다면 때로는 자신의 연약한 모습, 아이같이 편하고 천진한 모습, 솔직한 모습도 보여줘야 한다. 그러면 상대도 역할 뒤에 숨겨놓은 자신의 진솔한 모습을 보여주게 되면서 훨씬 더 친밀해진다.

여기서 중요한 점은 자신만 특별하다고 생각하면 안 된다는 것이다. 자신이 남보다 우월하다거나, 반대로 남보다 열등하다고 느끼면 그 역할의 가면을 더욱더 공고히 유지하려 한다. 하지만 사람 사는 일은 다 거기서 거기다. 외부 조건은 천차만별이지만 내면을 들여다보면 다들 비슷한 심리적인 문제로 힘들어하고 아파한다.

만약 정말로 주변에 함께할 사람이 없어서 외롭다고 느낀다면 스스로 찾아 나서는 것이 좋다. 다양한 공부 모임, 운동 모임, 종교 모임, 독서 모임처럼 자기에게 잘 맞으면서도 본인 성장에 도움이 되는 소모임에 참석하는 것을 권하고 싶다. 어르신의 경우 복지관에서 새롭게 뭔가를 배우거나 서울에 사신다면 시에서 하는 50플러스 캠퍼스 등을 이용해보는 것도 좋다. 약간의 노력과 처음의 불편한 느낌을 이겨내면 이내 같이 할 사람들을 만날 수 있다.

마지막으로, 지금 핸드폰에 저장된 연락처를 보면서 최근 연락이 뜸했던 친구들에게 먼저 연락해보길 권하고 싶다. 항상 하는 이야기이지만 우리는 친구가 없어서 외로운 것이 아니라 내가 먼저 연락을 하지 않아 외로운 것이기 때문이다. 내가 먼저 다가가야 세상도 내 쪽으로 움직인다는 사실을 잊지 않았으면 좋겠다.

6 장

마음을
닦는다는 것

같이 잘 사는 법

가을 안거 결제에 동참하기 위해 봉암사에 들어온 지 벌써 일주일이 지났다. 윤달이 있는 해라 그런지 평소보다 많은 100여 명의 스님이 올가을 안거에 방부를 들여 수행 중이다. 이 많은 스님 가운데는 예전에 다른 대중처소에서 함께 살았던 반가운 얼굴들도 있지만, 전혀 일면식이 없는 스님들과도 공동생활을 하게 된다. 처음 보는 사람들과 같이 사는 것은 스님들 역시 일반인과 크게 다를 바 없이 처음엔 좀 어색하고 긴장되는 일이다. 그러다 보면 어떻게 해야 대중이 서로 마음 맞춰 잘 살 수 있는지, 서로가 어떤 노력을 해야 하는지 나름의 노하우가 생긴다.

나 같은 경우엔 우선 '자기 기준을 너무 강하게 주장하지 않기'이다. 전국 각지에서 사셨던 스님들이 모여 함께 생활하다 보면 좀 재미난 현상을 경험하게 된다. 예를 들어 예불을 할 때 스님들의 염불 소리를 들어보면 속도나 톤이 다 제각각이다. 송광사에서 생활하셨던 스님들은 염불 소리가 느리고 차분한 데 반해 해인사와 인연이 깊으셨던 스님들은 가야산 산세만큼이나 염불 소리 또한 빠르고 기운차다. 즉 어디서 처음 염불을 배웠는가에 따라 그 사람의 염불 소리의 기준이 정해진다.

그런데 문제는 자신의 기준이 너무 강해 서로에게 맞추려는 노력을 하지 않으면 불협화음에 엇박자인 아주 듣기 싫은 염불 소리가 돼버린다. 본래 기준이라는 것은 본인이 살아왔던 익숙한 방식에 따라 정해지는 것이므로 객관적으로 옳다 그르다 말하기 어렵다. 혼자가 아닌 다른 사람과 함께 뭔가를 할 때는, 자신에게 익숙한 기준을 스스로 먼저 양보하고 조정하는 노력이 반드시 필요하다.

그다음은 '내가 조금 더 일하겠다고 처음부터 마음먹기'이다. 보통 안거가 시작되기 전날에 대중이 모여 개별 소임을 결정한다. 부엌에서 밥을 하는 공양주 소임부터 법당이나 선방을 청소하는 지전 소임, 주변 산을 보호하는 산감 소임 등 참으로 다양하다. 이런 소임들은 한 명이 맡아서 하는 경우도 있지만 대부분 여러 명이 모여 한

가지 소임을 같이 보게 된다. 이럴 경우 잘못하면 시비가 생기기 쉽다. 며칠 일을 하다 보면 꼭 다른 사람들보다 내가 조금 더 일을 하는 것 같고, 어떤 이들은 일을 건성으로 하는 것처럼 느낄 수 있기 때문이다.

가만히 보면 우리가 열심히 일할 때 나는 알지만, 다른 사람들은 그렇게 열심히 일하는 나의 모습을 못 보거나 알아채지 못하는 경우가 많지 않은가? 그렇다면 우리도 다른 사람이 열심히 일할 때 그 사람의 그런 모습을 보지 못하는 경우도 많지 않을까? 계산하는 분별심을 아예 내지 않으면 좋겠지만, 설사 그런 마음이 일어난다 해도 처음부터 '내가 조금 더 일해야지' 하고 마음먹으면 내 마음이 편안하다.

또 하나는 '주어진 상황을 최대한 긍정적으로 받아들이기'이다. 안거 시작 전에 보통 연배별로 머무는 처소를 결정한다. 연배가 높은 스님일수록 1인 1실이나 2인 1실이 주어지고 일반 대중은 큰방에서 여러 명이 함께 생활한다. 이번 가을 안거 땐 조금 아쉽게도 내 바로 앞 스님까지는 2인 1실이 주어지고 나부터는 큰방에서 함께 생활하는 것으로 결정 났다. 이럴 때 마음을 잘못 쓰면 안거 내내 불만일 수 있다. 하지만 마음을 빨리 돌려보면 처음에 나쁘게 보이는 것 안에서도 좋은 것을 찾을 수 있고, 반대로 좋아 보였던 것 안에서도 나쁜 것이 보이기도 한다.

나 역시 가만히 찾아보니 여러 명이 같이 방을 쓰는 데에는 장점이 많았다. 우선 혼자 방을 쓰면 간혹 너무 피곤해 새벽 3시 도량석 목탁 소리를 듣지 못해 예불 시간을 놓칠 위험이 있는데 여러 명이 같이 지내니 마음 놓고 잠을 자도 됐다. 그리고 사중 안에서 일어나는 공지사항을 가장 빠르고 정확하게 알 수 있고, 방 안에 모기가 들어와도 혼자 있으면 모기에게 물릴 확률이 높지만 여러 명이 자는 방에선 그리 걱정하지 않아도 되는 장점까지 있었다.

마지막으로, 혹시라도 다른 사람에게 불만이 생기거나 시비를 걸고 싶은 마음이 올라왔을 때 나 스스로에게 물어봐야 한다. "나는 지금 내가 맡은 일에 집중하고 있는가?" 화두 참구가 잘될 때는 내 마음 보기도 바쁘기 때문에 다른 사람 일에 관여하지 않게 된다. 내가 해야 하는 일에 제대로 집중하지 못했을 때 다른 사람의 잘못된 점이 눈에 들어온다. 즉 다른 사람의 흠은 어떻게 보면 내 마음 거울에 비친 내 흠이기도 하다. 이런 때일수록 공경하는 마음이 가득했던 초발심으로 돌아가 처음 먹었던 마음대로 흔들리지 말고 차분히 내 일을 해나가면 된다.

☾

배움에는 두 가지 형태가 있는 것 같다.
책이나 다른 사람의 말을 듣고 머리로 분석하면서 얻는 배움과
본인이 직접 몸으로 뛰면서 참고 고생하면서 얻는 배움.

온몸으로 배운 사람은 입을 열지 않아도
왠지 믿음이 가고, 대화를 나누면 그 깊이가 전해지면서
들려주는 이야기가 구체적이면서 실용적이다.

☾

똑같은 일을 했는데도
내가 좋아하는 사람이 하면 이해도 되고 용서도 되는데
나와 상관없는 사람이거나 싫어하는 사람이 하면
똑같은 일을 했어도 흠이 보이고 용서가 되지 않아요.
희한해요, 우리 마음.

☾

남자는 이래야 하고 여자는 저래야 한다.
부모는 이래야 하고 학생은 저래야 한다.
정치인은 이래야 하고 종교인은 저래야 한다.
우리는 이처럼 있는 그대로 보지 못하고
자기가 만들어낸 기준으로 분별한 후
그 기준에 잘 부합하면 훌륭하다고 한다.

☾

관계를 나쁘게 만들고 싶으면,
먼저 나의 기준이 상식이라고 여기면서
그 상식과 맞지 않는 언행을 하는 상대를
내 기준에서 잣대질한 후
그 사람보고 바꾸라고 계속 잔소리해보세요.
분명 성공하실 거예요.

☾

내가 옳은 것만 보다가
그 옳은 것으로 인해 남에게 깊은 상처를 주는 것은 못 보는,
그런 일이 없기를 기도합니다.

☾

우리가 남을 비판하면, 상대는 자신의 행동을 바꾸기보다 자신의 입장을 방어할 가능성이 더 큽니다. 정말로 상대를 바꾸고 싶다면 먼저 칭찬을 한 후 개선하길 바라는 점을 따뜻하고 친절하게 말하세요. 그게 아니라면 남을 비판하면서 우월감을 느끼려는 것밖에는 되지 않습니다.

☾

내가 자주 우월감을 느낀다면
그건 내 안에 깊은 열등감이 자리하고 있기 때문입니다.
자신을 좋아하는 사람은 남을 소중하게 여겨요.

☾

자존감이 낮으면

자존심이 세져요.

☾

일이 되게 하려면,

자기 입장만 백날 이야기해봐야 소용없습니다.

상대가 무엇을 원하는지 정확히 인지한 후

그것과 내 요구가 어떻게 서로에게 도움이 되는지 설득해야 합니다.

아무리 이야기해도 변화가 없다면

상대가 지금 무엇을 원하는지 알아보세요.

☾

나는 바꾸지 않고

세상이 내 마음에 맞게 바뀌길 원하기 때문에

삶이 고생스럽다.

☾

누구를 미워하면 내가 가장 힘들어요.
그 미움을 극복하는 길은 그 대상을 향해
'그가 행복해지길' 하고 속으로 축복하는 것입니다.
그런 마음이 전혀 올라오지 않더라도 축복의 말을 그냥 해보세요.
내 마음속 미움이 그 말이 전해주는 축복 에너지로 점점 녹아요.
그 사람이 행복했다면 나에게 그렇게까지 하지는 않았을 거예요.

☾

미움을 같은 미움으로 상대하면
영원히 끝나지 않고, 고통은 지속됩니다.
이해와 사랑만이 미움의 고리를 끊을 수 있습니다.
몇천 년을 내려온 이 간단하지만 심오한 진리에 머리를 숙입니다.

마음속 화를
입으로 표현해버리면 업이 되어 내게 돌아오고
억누르면 병이 되어 내가 아프고
가만히 그 화의 에너지를 지켜보면
자기가 알아서 모양이 변하면서 이내 사라집니다.

마음이 괴로울 때, 그 괴로움이 무엇으로 만들어졌나 관찰해보세요.
그러면 그것이 내 생각으로 만들어졌다는 사실을 알 수 있습니다.
그런데 생각은 원래 물 위에 쓴 글씨처럼
잠시 모양을 드러냈다가 자국을 남기지 않고 곧 사라집니다.
이내 사라질 생각을 붙잡고 되새김질하면서 괴로워하지 마세요.

잘못된 한 생각이 올라오면
태산 같은 걱정과 두려움이 구름처럼 몰려오고
잘못된 그 생각이 지나가면
걱정 없는 마음하늘 푸르게 드러나네.
천상과 지옥도 한 생각이 만든다네.
그러니 잘못된 생각, 믿지 말고 놓아주소.

생각에도 연료가 있습니다.
바로 감정이라는 연료입니다.
감정의 연료가 소진되면
더 이상 그 생각을 하지 않게 됩니다.

어떤 생각을 더 이상 하고 싶지 않다면
그 생각 아래에 있는 감정을 누르지 말고
글이나 그림, 춤이나 상담을 통해 표현해보세요.

본래 하늘은 동서남북 없이 하나인데
우리 생각으로 동서남북이라 이름 지어 갈라놓고
그 속에서 내가 옳다, 네가 그르다며 싸웁니다.
우리 마음도 원래 나뉨이 없이 하나인데
생각으로 '나'라는 모습에 집착해
세상의 여러 모습들과 옳다 그르다 싸웁니다.

승려가 세상 돌아가는 것에 대해 이야기하면
산에서 도나 닦지 뭐 하러 속세 일에 끼어드냐며 땡중이라 하고,
또 아무 말 없이 가만히 있으면
중생들의 고통이 보이지 않느냐고 이기적인 중이라 한다.
이 사이에서 스님들은 고민한다.

바람은 성긴 대숲에 불어와도
사라지고 나면 소리가 남지 않으며,
기러기가 찬 연못을 건너 날아도
건너고 나면 그 그림자가 남지 않는다.
그러므로 군자는 일이 생겨야 비로소 마음이 나타나고
일이 끝나면 마음도 따라 빈다.

—《채근담》 중에서

우리가 깊은 휴식을 원하면
마음은 없는 듯 고요해지고
우리가 일을 해야 하면
고요한 마음이 깨어나 보석 같은
새로운 생각들을 내놓는다.

텅 빈 큰 공간에 의자가 하나 있습니다.

이럴 때 우리는 보통 모양 있는 의자만 의식하고

모양 없는 텅 빈 큰 공간을 의식하지 못합니다.

그러나 의자가 있을 수 있었던 것은 바로

텅 빈 공간이 있기 때문입니다.

이와 비슷하게 마음이라는 텅 빈 공간 안에

한 생각이 모습을 나타냅니다.

이럴 때 우리는 생각만 의식하고 생각의 존재를 가능하게 했던

그 텅 빈 마음 공간을 의식하지 못합니다.

본성을 깨닫는다는 것은

나쁜 생각을 좋은 생각으로 바꾸는 것이 아니고

생각이 생겼다 사라지는 텅 비고 고요한 마음 공간을

의식하는 것에서 시작됩니다.

마음이 현재로 오면 생각이 멈추고 고요해집니다.
그 고요함은 텅 빈 채로 밝으면서도
모양이 없기 때문에 그 깊이가 한도 끝도 없습니다.

모든 생각들은 이 깊은 마음의 바다로부터
잠시 모양을 밖으로 드러낸 파도와 같을 뿐
이 깊고 충만한 마음바다를 벗어난 적이 없습니다.

한 생각이 끝나고

새로운 생각이 일어나기 전,

텅 빈 채로 살아 있는 마음 공간을 느껴보세요.

마음바다 이야기

태평양 바다 한가운데 작고 귀여운 물고기 한 마리가 살고 있었다. 다른 물고기에 비해 머리가 동글게 생겨 모두들 '동글이'라 불렀다. 동글이는 어렸을 때부터 다른 물고기와는 달리 먹이를 찾는 일이나 또래 물고기에게 인기를 얻는 일 등에는 별 관심이 없었다. 오직 동글이의 관심은 자기를 키워주신 할아버지 물고기에게 들었던 '바다'라고 불리는 위대하고 신성한 존재를 만나는 것뿐이었다. 할아버지는 바다라는 분이 지금 동글이 눈에 보이는 모든 만물을 탄생시키신 장본인이라고 하셨다. 하지만 절대로 나서거나 뽐내는 법이 없는 분이었다. 항상 자애로운 분이라 많은 영양분을 만들어내 모든 생명을 살리지만, 차별을 두어 누구를 더 사랑하거나 누구를 덜 사랑하지 않고 모두를 받아주는 분이라고 하셨다.

동글이가 무서워하는 괴팍한 상어 아저씨나 못생긴 가재 아줌마에게까지도 똑같은 사랑을 주신다니 그저 놀라울 따름이었다. 게다가 우리는 그분 모습을 볼 수 없지만 그분은 항상 우리 가까이에 계시고 만물의 움직임을 다 아신다고 했다. 그래서 많은 물고기가 힘들고 어려운 순간에는 위대하고 성스러운 존재인 바다님에게 기도를 올리며 귀한 진주 보석이나 값진 음식을 바치는 풍습이 이어져 왔다.

하지만 위대한 존재 바다님을 직접 눈으로 보거나 만나본 물고기는 손꼽을 정도로 적다고 했다. 몇몇 특별한 물고기만이 긴 구도의 여정 끝에 간신히 만났다는 전설 같은 이야기가 전해 내려올 뿐이었다. 그들이 걸었던 구도의 길은 뼈를 깎는 인내와 노력이 필요한 것이어서 보통 물고기들은 엄두조차 낼 수 없었다. 우선 집을 떠나기 전부터 몸과 마음을 정화하는 수행을 해야 하는데, 예를 들어 음식의 양을 평소의 절반으로 줄이고, 이성을 가까이 해서도 안 되며, 마음속에 삿된 욕망이나 잡스러운 생각이 떠오를 때마다 바로바로 참회 기도를 해야 한다고 했다.

그런 고된 시간이 지난 후 마음 안에 고요함이 차오르기 시작했을 때 비로소 집을 떠나 산호초조차 없는 깊고 어두운 '죽음의 동굴'이라는 곳을 통과해야 하는데, 그 동굴은 아주 작은 빛줄기 하나 없어 마치 죽음을 경험하는 것과 같다고 했다. 그래서 그 동굴을 통과하기 위해서는 마음속에 믿음이 있어야 하는데, 보이지는 않지만 바다님께서 항상 내 곁에 있다는 믿음이었다. 하지만 동굴을 지나는 그 시간이 너무도 길고 무서워서 아무리 믿음이 강하고 고요함이 충만한 물고기라 해도 중도에 포기하거나 한번 들어가서 나오지 못하는 경우가 많다고 했다.

때문에 동글이가 밥을 굶고 참회 기도를 시작하자 할아버지는 격려의 말씀보다는 걱정의 눈빛을 보냈다. 괜히 동글이에게 바다님에 대한 이야기를 들려주었다는 후회를 하시는 것 같았다. 동글이 역시 자신이 죽음 동굴을 통과하다가 바다님을 만나지 못하고 도중에 다치거나 살아 돌아오지 못한다면 혼자 계신 할아버지를 누가 보살펴줄까 하는 걱정에 마음이 무거웠다. 그렇다고 포기할 수는 없었다. 바다님이라는 위대한 존재를 만나고 싶은 열망이 모든 걱정과 두려움을 누를 만큼 강해 결국 할아버지를 설득하고 구도의 여정에 올랐다.

집을 떠난 지 한 달 후, 간신히 죽음 동굴 앞에 이르렀다. 동글이는 정성스레 기도를 올렸다. "제 곁에 계신 자애하신 바다님, 만나고 싶습니다. 어디에 계십니까?" 기도와 함께 동굴 안으로 들어서자 칠흑 같은 어둠이 동글이를 감쌌다. 헤엄쳐 들어온 지 반나절쯤 지났을까. 완벽한 어둠 속에 있으니 마치 시간은 정지된 것 같고 자신의 몸은 사라진 것만 같았다. 꿈이 없는 깊은 잠 속으로 빠진 것처럼 시간이 흐를수록 무서웠던 처음의 마음은 점차 사라지고 평화로운 침묵이 점점 그 자리를 대신했다. 아무것도 보이지도 들리지도 않는 상태가 이처럼 평화롭고 따뜻할 수 있다는 사실이 놀라웠다.

며칠이나 지났을까? 저기 아주 멀리서 바늘구멍만 한 작은 불빛이 보였다. 동글이는 그 불빛을 보자마자 본능적으로 헤엄쳐 나가기 시작했다. '드디어 동굴 밖으로 나가면 바다님을 만날 수 있겠지'라는 생각이 오랜 침묵을 뚫고 불쑥 올라왔다. 그런데 바로 그 순간, 동글이의 머리를 스치는 어떤 깨달음이 있었다. 혹시 내가 그토록 찾던 바다님은 따로 형상이 없는 침묵과도 같은 존재가 아닐까? 동굴을 통과하는 내내 평화로움과 따뜻함을 준 침묵 속에서 그분이 계속 계셨던 것은 아닐까? 조금 전 생각이 침묵을 뚫고 나오듯 눈으로 보이는 다른 형상들 역시 고요한 침묵 속에 계시는 그분으로부터 나왔고, 그러기에 동글이 자신 역시 침묵 속 바다님의 일부라는 느낌이 강하게 들었다.

드디어 동굴 밖으로 나왔을 때 눈앞에 펼쳐진 광경은 수많은 물고기들이 떼를 지어 평화롭게 유영하는 익숙한 풍경이었다. 하지만 동글이는 형상이 있는 물고기들뿐만 아닌 형상이 없는 바닷물 안 투명한 침묵을 감지하기 시작했다.

우리 마음을 어지럽히고

세상과 분리감을 만드는 주된 요인이 바로 생각입니다.

마음속에 올라온 생각에 집착하면서 그 속에 빠져 있으면

그 생각의 노예가 됩니다.

숨이 깊고 편안해질수록, 내 주의가 숨에 집중할수록

생각이 줄어들게 됩니다.

깨달음은

마음의 문이 열려 세상과 내가 서로 연결되어 있다는 것을

생각이 아닌 몸과 가슴으로 느끼는 경험입니다.

남을 기쁘게 하는 일을 하면서 내가 기쁠 때

스스로를 관찰해보세요.

세상과 분리된 내가 따로 있는지.

☾

미래에 대한 걱정과 불안, 과거에 대한 기억으로 가득했던 마음이
숨 쉬는 현재로 돌아와 생각이 완전히 멈추고 고요해졌을 때,
생각 뒤에 배경처럼 있던 고요한 마음이 깨어나
스스로를 알아채기 시작합니다.

☾

생각이나 느낌을 포함한 마음이 있고
생각과 느낌이 사라지고 난 후
텅 비고 고요한 마음이 있습니다.
그 텅 비고 고요한 마음이
온 세상에 가득 차 있다는 것을 느끼기 시작하는 것이
수행의 첫 번째 단계입니다.

☾

우리는 꿈이 없는 깊은 잠을 통해
마음의 회복과 몸의 원기를 되찾습니다.
이처럼 생각이 텅 빈 고요한 마음 상태는
죽음이나 무료함을 의미하는 것이 아니고,
온전한 쉼, 생명, 치유, 평화, 자유, 창조를 뜻합니다.

☾

눈으로 보이는 세상과
눈으로 보이지 않는 세상이 있습니다.
종교인이 된다는 것은
눈으로 보이지 않는 세상을 느끼기 시작한다는 말입니다.
그러다가 무르익게 되면
보이지 않는 세상과 보이는 세상이 둘이 아니고
놀랍게도 하나라는 점을 깨닫게 됩니다.

내 의식이 성숙해질수록
내가 아는 하나님, 부처님도 성숙해집니다.
다른 말로 하면, 그분에 대한 이해의 깊이는
내 의식의 성숙도에 정비례합니다.

종교의 상징이 가리키는 깊은 뜻을 숙고하거나
영적 경험을 몸소 체험하게 되면
시간이 갈수록 종교간의 다른 점보다는
비슷한 점이 많다는 것을 알게 됩니다.
그런 경험이 없으면 상징 자체에 묶여
차이점밖에는 안 보여 타종교를 쉽게 폄하합니다.

우리는 영적 경험을 하는 인간들이 아니고,
인간의 경험을 하고 있는 영적 존재들입니다.
— 피에르 테야르 드 샤르댕

물고기는 바다가 자기 고향이지만
헤엄을 치기 시작하면서 바다의 존재를 느낍니다.
새는 하늘이 삶의 무대이지만
날기 시작하면서 하늘의 존재를 비로소 압니다.

형상이 있는 세상에 사는 우리 역시
형상의 집착이 가져다주는 고통을 경험하면서
종국에는 형상이 없는 근원의 세계를 찾고 찾다가
비로소 자신이 그 근원의 세계 안에
항상 존재하고 있었다는 것을 깨닫게 됩니다.

☾

처음에 저는 당신을 사원 안에 있는 신성한 상에서 찾으려고 했어요.
그다음엔 큰스님이나 구루 같은 영적 스승에서 찾으려 했고요.
그다음엔 당신을 고대 경전 말씀을 통해 찾으려 했어요.
하지만 지금은 당신의 존재를 어디에서나 느껴요.
마치 햇살처럼 저희를 항상 고요하면서도 밝게 비춰주고 계셔요.

☾

결국엔
네가 그토록 찾던 질문의 답이
목적지에 도달했을 때 찾게 되는 것이 아니고
너의 순례 과정 안에서도
항상 존재해왔다는 사실을 깨닫게 될 것이야.
이미 주머니에 답을 가지고 있으면서도
답을 찾고 있었다는 사실을 말이야.

☾

당신은 모르실 거예요.

제가 얼마나 당신께 드릴 선물을 찾아다녔는지를요.

그 어떤 것도 적당해 보이지 않았어요.

금을 금 광산에 가져다주거나, 물을 바다에 선물하는 것이

도대체 무슨 큰 의미가 있겠어요?

제가 생각해낸 선물들은 마치

향신료 가루를 인도로 가지고 가는 것과 같았어요.

제 마음이나 영혼을 드리는 것도 큰 의미가 없었습니다.

왜냐면 당신께선 이미 그것들을 가지고 계셨으니까요.

그래서 결국 저는 거울을 가지고 왔습니다.

당신 자신을 보시고 저를 기억해주세요.

— 잘랄루딘 루미

☾

너의 유일한 죄는

네가 진정으로 누구인지를 잊어버렸다는 점이야.

너는 가냘프게 흔들거리는 잎새가 아니라

나무 전체란 말이야.

진리는 이미 아는 이야기인 경우가 많아요.
왜냐면 내 이야기라서 그래요.
하지만 다시 들었을 때 새롭게 깊어짐이 있습니다.

지성이 깨어날 때의 기쁨은
세상을 얻은 것같이 마음 부자가 된 느낌이고,
영성이 깨어날 때 즐거움은
그토록 찾아 헤매던 내 고향으로 돌아온 느낌입니다.

지성이 깨어나면 내 안에 가치 기준이 생겨
더 이상 남들 기준에 휘둘리지 않게 되며,
영성이 깨어나면 내가 무엇인지를 제대로 알아
두 번 다시 현혹되지 않습니다.

우리는 살면서 단 한 번도
마음이 없던 순간을 경험한 적이 없어요.
마음은 항상 있습니다.
올라오는 생각과 느낌으로 인해
마음의 상태가 계속 변할 수는 있지만
마음 자체는 노력한다고 생성되거나 소멸하지 않습니다.

마음은 텅 빈 하늘과 같아서 많은 생각과 감정의 구름을 만들지만
그 구름들이 마음하늘 공간을 영원히 어지럽히거나 더럽힐 수 없어요.
그러므로 마음 본바탕은 텅 빈 채로 영원히 청정하면서도
이미 해탈한 고요의 상태로 있습니다.

깨어 있는 고요
투명한 침묵

따뜻한 봄날 모든 것을 잠시 내려놓고 수행처를 찾았다. 바쁘게만 돌아가는 일상에서 잠시 멈추는 것은 몸과 마음에 보약이 된다. 특히 깊은 침묵과 만나는 시간은 너무도 소중하다. 왜냐면 우리 본성은 완전히 멈추었을 때 비로소 깨어나 자신의 모습을 드러내기 때문이다. 부처님 오신 날이 있는 5월을 맞아 "나는 무엇인가?"라는 근원적인 질문을 품고 사는 이들에게 작은 도움이라도 되었으면 하는 바람으로 수행처에 고요히 앉아 마음공부에 대한 글을 모처럼 적어 본다.

우리가 가만히 앉아서 마음을 들여다보면 끊임없는 생각과 느낌이 자연스럽게 올라온다. 그런데 생각과 느낌은 비교적 쉽게 알아차리지만, 생각이 일어났다가 그다음 생각이 일어나기 전에 있는 고요함은 잘 인지하지 못한다. 즉 생각과 생각 사이, 느낌과 느낌 사이에는 아무것도 없는 것 같은 고요한 침묵이 자리하고 있는데, 많은 이들은 그 빈 공간을 의식하지 못하고 그냥 지나친다. 왜냐하면 생각이나 느낌과는 달리 고요한 침묵은 아무런 모양이 없어서 쉽게 잡히지도, 어느 한 곳에 집중하기도 어렵기 때문이다.

침묵과는 반대로 생각과 느낌은 형태가 있어 남들에게 설명해 줄 수도 있고 글로 쓸 수도 있다. 형태가 있다 보니 오랜 습관 때문에 생각과 느낌을 자기 자신과 동일시해버리는데, 그래서 '내 생각', '내 느낌'이라고 집착하고 그것들을 가지고 '나는 이런 사람이다'라고 자기 자신을 정의 내리기도 한다. 그렇다면 여기서 묻고 싶은 질문이 생긴다. 만약 진짜로 생각과 느낌이 '나'라고 한다면 그 생각이 일어나기 이전에는 '나'라는 존재가 없었는가? 시간이 지나 그 생각과 느낌이 사라질 때도, 그것들이 실제로 '나'였다면 '나'라는 존재의 일부도 생각과 느낌이 사라질 때 함께 사라져야 하는데, 실제로 내가 사라지는가?

우리는 생각과 느낌이 일어나기 이전에도 있었고 그것들이 모두 사라지고 나서도 멀쩡하니 계속 존재한다. 즉 내 안에서 일어나는 생각과 느낌은 '나'라는 존재 안에서 구름처럼 잠시 일어났던 것이지 근원적 존재의 내가 아니다. 그렇다면 생각이나 느낌보다 훨씬 이전부터 항상 있어온 '나'는 무엇일까? 사실 이것을 깨닫기 위해 수많은 수행자들이 생각을 완전히 멈추려고 각종 명상과 화두 참선을 한다. 이 질문에 대한 답은 각자가 직접 경험을 통해 찾아내야 하지만 혹여 나의 몇 마디가 누군가에겐 경험의 인연으로 발전할 수도 있으니 부족하지만 나누고 싶다.

긴 설명을 생략하고 단도직입적으로 이야기하면 생각이나 느낌이 일어나기 이전에도 있었고 그것들이 사라지고 나서도 한결같이 있는 것은 바로 고요한 침묵이다. 침묵이 살아서 아는 것이다. 자세히 들여다보면 모든 생각이나 느낌도 고요한 침묵에서 나와 그 모습을 드러냈다가 시간이 지나면 침묵으로 사라진다. 따라서 고요한 침묵은 텅 비고 의미 없는 죽은 공간이 아니라 모든 생각과 느낌을 만들어내고, 그들이 존재하도록 그 공간을 제공하고, 사라지려고 하면 품어서 소멸하게 하는 자애롭고도 살아 있는 공간이다.

그렇다면 조금 더 깊이 들어가 고요한 침묵의 위치를 살펴보자. 우선 눈을 감고 숨을 깊게 들이마시고 고요한 침묵을 느껴보자. 이 고요함은 몸 안에만 있는가, 아니면 몸 밖에도 있는가? 몸 안에 있는 고요함과 몸 밖에 있는 고요함이 다른 형태로 존재하는가, 아니면 그런 구분 없이 하나의 고요함으로 자리하고 있는가? 이번엔 고요한 침묵의 끝을 찾아보자. 끝에 도달할 수 있는가? 침묵 안에 한계가 있는지 없는지 살펴보자. 마지막으로, 고요한 침묵을 잃어버리거나 완전히 없앨 수 있는지 확인해보자. 아무리 큰 소리가 나도 침묵은 이내 곧 회복되며 상처 입지 않은 본래의 고요한 모습으로 바로 돌아온다.

다이아몬드처럼 투명하면서도 깨트릴 수도 잃어버릴 수도 없는 고요한 침묵이 끝없는 우주에 가득하다. 부디 고요 속에서 깨어 있는 투명한 침묵과 만나시길 기원한다. 깊은 평온함과 영원한 자유, 생명의 원천과 따뜻한 사랑이 또 그 안에 들어 있다.

고요히 앉아보고 나니
평소의 내 기운이 들떠 있었음을 알았네

침묵을 지켜보고 나니
일상의 내 말들이 시끄러웠음을 알았네

지난 일을 살펴보고 나니
한가로이 내 시간을 낭비했음을 알았네

세상의 문을 닫아보고 나니
이전의 내 사람 사귐이 과했음을 알았네

욕심을 줄이고 나니
평소에 나에게 잘못이 많았음을 알았네

마음을 가까이 하고 나니
예전의 내 마음씀이 각박했음을 알았네

— 명나라 문인 진계유陳繼儒

혜민 스님과 함께하는
'마음치유학교'를 소개합니다

살다 보면 다양한 이유로 상처받고 치유가 필요할 때가 있습니다. 사랑하는 가족이 갑자기 세상을 떠나기도 하고, 믿었던 배우자나 친구가 배신을 하기도 합니다. 때론 사회생활하면서 스트레스가 누적되어 심신의 치유가 필요하기도 하고, 나이가 들면서 마음이 우울하거나 불안해지기도 합니다. 영어로 자비compassion는 '같이 아파한다'라는 뜻이라고 합니다. 즉 혼자 고립되어 아파하면 그 고통이 엄청 크게 느껴지고 해결 방법도 찾지 못하지만, 같이 모여서 아파하면 그 고통의 크기가 많이 줄어들고 그 안에서 지혜와 용기를 얻게 되는 것입니다.

마음치유학교는 "혼자 힘들어하지 마세요"라는 취지로 만들어졌습니다. 나만의 어려움이라고 생각했던 고통을 모여서 나누다 보면 그 과정 속에서 치유가 일어나고 지혜가 열리게 됩니다. 때론 그룹 상담을 통해 내 말을 온전히 들어주고 지지해주는 경험에서 위로를 받기도 하고, 혹자는 음악이나 글쓰기, 연극, 사진, 미술치유와 같은 도구를 이용해 눌러놓았던 마음을 표현하며 치유를 경험하기도 합니다. 어떤 이는 춤이나 요가로 몸을 먼저 다루는 과정 속에서 감정이 풀어지고 자유로워지는 경험을 하기도 합니다. 더불어 심리적 고통의 원인을 전문 심리 상담 선생님과 함께 1:1 혹은 그룹 안에서 같이 성찰하며 변화를 모색해볼 수도 있습니다.

사회가 성장할수록, 그래서 물질적으로 부유해질수록 오히려 마음은 공허하고 행복을 잘 느끼지 못하는 역설에 우리가 와 있습니다. 마음치유학교에선 이러한 우리 이웃들의 마음을 위로하고 치유하면서 지혜를 열어주는 치유공동체를 지향합니다.